腹有青史言有章

蒙曼讲古代人物

隋唐

蒙曼 著

湖南文艺出版社
HUNAN LITERATURE AND ART PUBLISHING HOUSE
·长沙·

小博集
BOOKY KIDS

目录

张大千 《华岳高秋》 ◎

魏晋南北朝的收尾是在隋朝。隋朝继承了北周的基业，又统一了江南的陈朝，实现了中国历史上第二次大统一。这次统一的深度和广度都远远胜过秦朝，秦朝建立的大一统主要还是华夏民族的统一。但隋朝就不一样了，它把魏晋南北朝时期踏入中原的很多少数民族都整合进了新的统一政权中，是真正建立在大范围民族融合基础上的大统一。而为这次大统一做出卓越贡献的，除了一代雄主隋文帝，还有岭南圣母冼夫人。

在岭南地区，直到今天，冼夫人仍然是一个响当当的名字。如果你有机会越过五岭，到广东、广西和海南，乃至渡过南海，进入东南亚，就会发现一座又一座，总数多达两千五百座的冼太庙，逢年过节，总有络绎不绝的香火供养，甚至连学生高考、夫妻求子，都要到冼太庙去祈祷上香。从这个角度讲，冼夫人和东南沿海的妈祖一样，都是保境安民的万能神。但是，冼夫人和妈祖又不一样。妈祖基本上从一开始就是神，虽然顶着一个林默娘的名字，但是，她的事迹主要出自虚构，是一尊想象出来的神。但冼夫人不一样，她的事迹详细记载在《隋书^①·谯（qiáo）国夫人^②传》和《北史^③·谯国夫人冼氏传》里。《隋书》和《北史》都是官修史书，位列大名鼎鼎的二十四史序列。也就是说，她本来是一位彪炳史册的历史名人。由人进化为神，男性里首推关云长；女性之中，就应该是冼夫人了。

冼夫人究竟有何等功业，能够既入史册，又入神籍呢？简单来讲，她是岭南俚人的大首领，但是，她又心向中原，先后接受梁朝、陈朝和隋朝三朝的封号，最后，带着包括海南岛在内的岭南百姓平平安安地融入了中原政权的怀抱，不仅做到了保境安民，还帮助隋朝实现了中国历史上第二次大统一。以边地女性之身，影响中国的历史进程和历史版图，这个功绩无论怎样评价都不为过，所以，周恩来总理才会说，冼夫人是中国巾帼英雄第一人。梳理冼夫人一生的处世为人，有三件大事可为代表。

第一件事叫许嫁冯宝。冼夫人是岭南高凉人，也就是现在广东阳江西人。南北朝时期，两广地区还是俚人的天下。所谓俚人，是古代百越民族的一支，也是当时岭南地区的主体民族，号称有十多万家。当时的南方正处在梁朝的统治之下，梁朝向南扩张，就把这些俚人都编入户籍，成了梁朝的百姓。既然是编户齐民，就得向梁朝交税。可是，俚人并没有交税的传统，于是纷纷起来反抗。冼夫人的父亲本来是俚

---

① 唐朝唐太宗想要以史为鉴，下令官修史书。大臣魏徵（zhēng）负责主编《隋书》（二十四史之一），梳理隋朝历史。

② 冼夫人被隋文帝封为谯国夫人。

③ 由唐朝李延寿撰写，是二十四史之一。内容记载的是南北朝时期北朝的历史。

人的首领，这个时候自然也就成了反抗的领袖，而且在打仗过程中战死了。谁来接班呢？俚人社会并没有中原地区"男主外，女主内"的传统，洗夫人从小就能打仗，会用兵，很受部众的信任，所以，父亲死后，洗夫人就成了俚人的女首领。既然当了首领，就要考虑大事了。俚人明明人口众多，为什么跟梁朝打仗却打不赢呢？洗夫人觉得，关键在于俚人内斗太严重了。各个部落之间互相抓人，抓住了就卖给外人当奴隶。内部不团结，打仗能不吃亏吗？痛定思痛，洗夫人一改往日作风，先在俚人内部讲团结，讲信义，谁也不能恃强凌弱。这样一来，周围的山洞都纷纷投靠她，洗夫人的势力一下子壮大了不少。这不是一朵有勇有谋的霸王花吗！这样的霸王花居然还小姑独处①，自然就有人惦记了。谁惦记呢？是一个叫冯融的人。

冯融可不是洗夫人这样的岭南土著，他是地地道道的外来人口，而且，来自遥远的北方。冯融的祖上，本来是十六国时期北燕的皇帝。北燕的辖区大体在今天辽宁省西南部和河北省东北部，是个不折不扣的北方政权。后来，北魏统一北方，北燕亡国，北燕的末代皇帝携家带口，投靠了东北的高句丽②（gōu lí）。但是，北魏的压力非常大，高句丽也不愿容留，万般无奈之际，冯家的一个儿子冯业，只好驾着小船，驶向茫茫大海，一路往南逃命去了。他逃到哪里了呢？他投奔

---

① 指少女还没有出嫁。出自南朝乐府《青溪小姑曲》："开门白水，侧近桥梁；小姑所居，独处无郎。"

② 朝鲜半岛上的一个古国，也被称作"高丽"。公元前37年建国，427年迁都平壤，与南部的百济、新罗形成三国鼎立的局面，相互之间战争不断。668年灭亡。

了北魏的对头，定都江南的刘宋王朝。刘宋王朝倒是收留了他，可是，当时江南的好地方早就被先来的人占满了，没处安置他。怎么办呢？一番商议之后，落难皇族冯业被打发到了新开发的岭南，担任刺史。这个刺史可不太好当。当时，岭南的汉人一共只有六万多户，俚人倒是有十万多家，俚人眼里只有首领，根本不听汉人长官的调度，这就叫强龙不压地头蛇。所以，尽管冯家在岭南繁衍了好几代，所属的王朝也从宋换成齐，又从齐换成梁，但是，冯家依然当着空头司令，号令不行。怎么办呢？眼看冼夫人在俚人中的威望冉冉上升，时任罗州刺史的冯融做了一个大胆的决定，给自己的儿子高凉太守冯宝求婚！

俚人社会没有父母之命，媒妁之言，冯宝那边出面提亲的是老爸冯融，冼夫人这边呢，却要自己拿主意。面对这个既是长官又是对手的人，冼夫人到底嫁不嫁呢？经过一番思索，冼夫人决定：嫁！冼夫人是个有智慧的人，她知道俚人的弱点。俚人社会只认一个权威，那就是拳头。谁拳头硬谁就当老大，直到有一天，被一个拳头更硬的人打倒为止。这样以暴易暴，社会注定不可能长期稳定。但汉人社会不一样。他们不是不讲拳头，但是，除了拳头之外，他们还讲礼乐，讲法度，这些东西，远比拳头更加温和而稳定。冼夫人是个眼光长远的人，她由衷地倾慕这些东西。此刻冯宝确实只是个光杆太守，但是，只要她和冯宝结婚，冯宝就会有权力，而俚人也会有发展。双赢的婚姻，为什么不愿意呢？就这样，冼夫人跟未来的公公冯融达成协议，许嫁冯宝。

那么，这场婚姻到底带来了什么结果呢？最直接的结果就是，一个统治岭南地区长达百年之久的豪门——冯冼家族就此诞生。这个家族极其强悍，历经梁、陈、隋、唐四朝风云变幻，他们在岭南的势力始终坚不可摧。直到武则天害怕他们尾大不掉，才终于痛下杀手，给他们安上一个谋反的罪名，全家剿灭。不过，这次剿灭并不彻底，进剿的官军带回来一个八岁的小男孩，让他进宫当了宦官。这个小男孩名叫冯元一，这个名字很少有人知道，不过，如果我说出他后来使用的名字，大家肯定就会恍然大悟。他后来的名字叫高力士，是唐玄宗时代最忠诚，同时也最有权势的宦官。没想到吧？大名鼎鼎的高力士，正是冼夫人的第六代孙子。

当然，这场婚姻最重要的结果还不是冯冼家族的诞生，而是海南岛重回中原政权的怀抱。当年，汉武帝曾经在海南岛设置朱崖[1]郡

高力士

给李白脱靴的高力士深得唐玄宗信赖，被封为力士冠军大将军、右监门卫大将军，进封渤海郡公、齐国公，开府仪同三司。

马嵬之变后，杨贵妃被赐死，唐玄宗让位于太子，自己成为太上皇。上元元年（760），高力士被构陷，发配黔中道。宝应元年（762）三月，高力士被赦免，途中至朗州时，听闻太上皇驾崩，北望痛哭不止，呕血而亡。

---

[1] 今海南省海口市。

和儋（dān）耳郡[1]，直接统治海南。但是此后烽烟迭起，中原板荡[2]，海南岛又逐渐脱离了中央的管辖。中央管不到的地方，冼夫人管得到。中大通六年（534），冼夫人率领俚人军队渡过琼州海峡，海南岛的俚人部族纷纷归附。面对着这片广袤的土地，这些和自己同文同种、同风同俗的俚人百姓，冼夫人是怎么做的呢？冼夫人是一个和汉人联了姻的人，她的心向着中原政权。她没有像汉朝初年的南越王赵佗[3]那样拥土自雄，拥兵自重，而是上书朝廷，请求朝廷在这里重设崖州。就是因为有了冼夫人的献地上书，海南岛才得以重新回到中原王朝的怀抱，从此再也没有分开。这是何等重要的历史贡献啊！

我们现在讨论婚姻，经常会谈到，女性到底是高攀好还是低就好？或者，到底是干得好重要还是嫁得好重要？这些话题貌似令人困扰，但在冼夫人面前都不是问题，她既不高攀，也不低就，她寻求的是知己知彼，优势互补。而且，正因为优势互补，她的婚姻和事业并不矛盾，嫁得好的同时也干得好，而且是两个人都干得好，连国家都因此受益，这可不光是婚姻智慧，还是政治智慧。

第二件事叫助夫杀贼。冼夫人嫁给冯宝后，很快赶上了梁朝末年的一场大变乱，叫作"侯景之乱"。侯景本来是东魏的一个将军，

---

① 今海南省儋洲市。

② 《诗经·大雅》中，《板》《荡》两首诗写的都是当时政治的黑暗、人民生活的苦难。于是，人们后来用"板荡"一词形容政局和社会动荡不安。

③ 秦时为南海郡龙川县令，后为南海尉。秦朝末年，赵佗兼并了桂林、南海和象三个郡，建立了南越国。汉高祖十一年（前196）受封为南越王。吕后时，自称南越武帝，发兵攻打长沙边邑。至汉景帝时重新向汉称臣。

因为跟东魏的皇帝闹矛盾，就带领部众投降了梁朝。梁朝本来以为捡了个宝贝，没想到侯景反叛成性，投降之后不久，又背叛新主，再次叛乱包围了梁朝的首都建康（今江苏南京），把梁武帝活活饿死在台城。在这种情况下，梁武帝的堂侄，广州都督萧勃起兵勤王。既然是勤王，自然要招兵买马。萧勃下派任务给高州刺史李仕迁，李仕迁呢，又征召自己的属下——高凉太守冯宝。冯宝是个老实人，既然长官有令，当即就要前往。可是，自打结婚之后一直积极主动配合官府的冼夫人却把他拦住了，说："李仕迁这不是要勤王，他是要造反！你这一去，他肯定把你扣下当人质，再以你的名义召集咱们的人马，到那个时候，咱们可就被动了。所以，你无论如何不能去！"冯宝问："你怎么知道李仕迁要谋反呢？"冼夫人说："你是个单纯的读书人，我却是打仗打出来的，这种事我比你有经验。李仕迁如果真有勤王之心，他就应该赶快带兵出发，一边开拔一边叫你跟进，这才是勤王的样子。现在他称病不动，却招呼你去他那里集合，这不就是想胁迫你一起造反吗？我此刻拦你，不是不忠于朝廷，而是不想被人利用。"冼夫人的判断对不对呢？事实证明非常正确。没过几天，李仕迁果然造反了，还派他手下的得力骁将去对抗官军，自己只留下少量兵马，据守高州城。这时候，冼夫人对冯宝说："咱们现在可以去找李仕迁了。只不过，不是你去，而是我去。我找什么理由去呢？你先给他写一封信，卑辞厚礼，就说咱们这边也形势不稳，你不敢动，先派我去给刺史大人送些物资给养。李仕迁看我是女流之辈，肯定会掉以轻心。那时候我就有办法了。"冯宝依计而行。就这样，冼夫人带着一千精兵，都扮成挑夫的模样，挑着担子，来到高州城下。李仕迁正缺钱呢，一看冼夫人押运物资赶来，喜不自胜，赶紧开门，不料冼夫人忽然变脸，带人杀将过去，李仕迁措手不及，只好弃城逃跑。就这样，高州城又回到了朝廷的怀抱，这真是兵不厌诈，有勇有谋。

冼夫人替梁朝保住了一座城，就在这座城外，她还看准了一个人。谁呢？跟她会师的梁军指挥官陈霸先。就这么一面之缘，冼夫人回家对冯宝说："陈都督大可畏，极得众心。我观此人必能平贼，君宜厚资之。"从此之后，冯宝和冼夫人就成了陈霸先的投资人。那么，他们的这份投资对不对呢？熟悉历史的朋友都知道，这个陈霸先，就是后来陈朝的开国皇帝，也是中国历史上唯一一个从岭南崛起的寒门皇帝。这才叫疾风知劲草，慧眼识英雄。冼夫人凭借自己的一双慧眼，预先给冯冼家族在陈朝的发展铺平了道路。只可惜陈霸先英雄一世，却没有教育好自己的儿孙。他的侄孙名叫陈叔宝，史称陈后主，整天不务正业，只知道陪宠妃唱《玉树后庭花》。唱着唱着，北方的隋朝就过了江，陈朝也亡了国。杜牧所谓"商女不知亡国恨，隔江犹唱后庭花[1]"，用的就是他的典故。自己一直追随的陈朝灭亡了，冼夫人怎么办呢？

这就是我要说的第三件事，大义降隋。岭南地区本来就有很大的独立性，陈朝一乱，岭南又跟中原脱钩了。群龙不能无首，这个时候，

---

① 出自唐朝杜牧的《泊秦淮》："烟笼寒水月笼沙，夜泊秦淮近酒家。商女不知亡国恨，隔江犹唱后庭花。"意思是，轻烟笼罩寒水，月色笼罩白沙，夜晚船停泊在秦淮靠近岸上的酒家。商女不知亡国之恨，隔江还唱着《玉树后庭花》。

冯宝早已去世，甚至连冯宝的儿子都已经去世了，近八十岁的冼夫人被推举为岭南圣母，封闭道路，保境安民。可是，隋朝的目标是要统一天下，关门只能是权宜之计，担负着岭南上百万人的身家性命，冼夫人到底何去何从呢？冼夫人不仅有婚姻智慧，有军事智慧，她更有政治智慧。身处波澜壮阔的变革时代，她知道，统一已经是大势所趋，岭南不可能真正独立。正因为如此，她才会在年轻的时候跟梁朝的官员联姻，在中年的时候又追随陈朝的皇帝。她愿意拥护中原王朝，来谋求岭南的生存和发展。此刻的隋朝，就犹如当年的梁和陈，她不想打仗。但是，在另一方面，她已经不是当年那个单纯的俚人首领，她在陈朝受封中郎将、石龙太夫人，算是陈朝的官员。官员就应该有官员的政治节操，就算归顺，也要有个样子。如果她见风使舵，不忠不义，以后又何以号令部族呢？那么，怎样的归顺才算是合情合理呢？

·581 年，杨坚（即隋文帝）代北周称帝，国号"隋"，亦称"杨隋"。

·583 年，都城定在大兴（今陕西西安）。

·589 年，隋消灭陈。统一中国。

·611 年，农民起义，隋朝土崩瓦解。

·618 年，隋炀帝被禁军将领宇文化及等人杀死于江都（今江苏扬州），隋朝灭亡。

隋朝

有智慧的人总能碰到有智慧的人。此时，隋朝的前敌总指挥不是别人，正是晋王杨广，也就是后来的隋炀帝。别看隋炀帝后来治国有很多荒唐之处，但是，在统一这个问题上，他有他的智慧和心胸。面对着高耸的五岭，杨广留下大军，只派一位将军带着陈后主的亲笔信出发了。信上说，陈朝已经灭亡，请冼夫人顺应天命，归化隋朝。随信还附上一根当年冼夫人进贡陈朝的犀角杖，作为信物。看见信和犀角杖，冼夫人把岭南几千部落首领都召集在一起，面朝北边，大哭整整一天，然后派出自己的孙子，迎接隋朝大军进入岭南。这是什么意思呢？这就叫仁至义尽。在浩浩汤汤的历史潮流面前，顺势而为当然是正确的选择。但是，尽管如此，人却不能只认形势，不讲良心。面对自己曾经为之效力的旧朝廷，冼夫人先是痛哭不舍，然后才能释怀而去。痛哭是情义，释怀是智慧。把道德和智慧结合在一起，这才是岭南圣

杨广

出生于569年，是隋文帝杨坚的次子，初封晋王，600年，取代皇兄成为太子。604年，杀父即位。

在位期间，营建东都洛阳，开掘运河，修筑长城，开辟驰道，四出巡游。又完善三省六部制，整顿户籍，兴办学校，确立科举取士制。虽有智慧但好大喜功，普通百姓劳役兵役繁重，最终引发各地农民起义，导致隋朝灭亡。

母的心肠，也是一个真正政治家的修为。就这样，岭南地区兵不血刃，归入了隋朝的版图。后来，冼夫人受封为谯国夫人，开幕府①，设官署，给印章，听凭发落俚人部落以及岭南六州兵马，若有紧急，可便宜行事。这是整个中国历史上，妇女开府建节的第一人。

据《隋书·谯国夫人传》记载，冼夫人晚年的时候，把梁、陈、隋三朝的赏赐都放在一个仓库里，每年过年的时候拿出来，陈列在庭院之中，让子孙们都来参观。她说："汝等宜尽赤心向天子。我事三代主，唯用一好心。今赐物具存，此忠孝之报也，愿汝皆思念之。"什么意思呢？你们应该尽心竭力报效天子。我侍奉三朝皇帝，只用一颗好心。如今三朝给我的赏赐都在这里，这就是对我忠孝的报答。你们都好好看看，也好好想想吧。

我们今天经常讲家风家教。冼夫人家教的核心在哪里？毫无疑问，就是那十个字："我事三代主，唯用一好心。"这个好心到底是什么心？它不是狭隘的忠心，而是更为广阔的诚心。所谓诚就是尽心竭力。尽心竭力地对待岭南百姓，也尽心竭力地对待中原王朝。唯其诚意，所以正心，然后才能修身、齐家、治国、平天下。这个道理，冼夫人说得朴素，但是悟得深刻。

当年，苏东坡被贬海南儋州，拜谒冼太庙，写下一首《冼庙》诗，这也是目前留存最早的歌颂冼夫人的诗篇。诗云："冯冼古烈妇，

---

① 古时军队主将的府署设在帐幕内，因此被称为幕府。后人们也将军政大官僚的府署称为幕府。

翁媪国于兹。策勋梁武后，开府隋文时。三世更险易，一心无磷缁(zī)。"磷就是薄，缁就是黑，这是《论语》里孔子对他的学生子路说的一句话。"不曰坚乎，磨而不磷；不曰白乎，涅而不缁。"什么意思呢？孔子说，所谓坚固，就是经受打磨也不变薄；所谓洁白，就是经受晕染也不变黑。只有这样，才能叫作君子。想想看，能够符合这个要求的，不就是冼夫人的那一颗穿越千载的好心吗？

【思考历史】

◇ 了解一下汉武帝在海南设置郡县的过程。汉朝在对海南岛的统治管理中存在什么问题？

◇ 思考一下，如果冼夫人选择割据一方，历史又会发生什么样的变化？

独孤皇后

◇

整个魏晋南北朝乃至隋唐时期，都是政治女性大放异彩的时代。北朝有引导北魏孝文帝改革的冯太后[1]，南朝有岭南圣母冼夫人。到了唐朝，更是出现了中国历史上独一无二的女皇帝武则天。那么，在南北朝和唐朝之间呢？就像唐朝的权力是从隋朝继承过来的一样，武则天的精神力量也来自一位隋朝的女性前辈，这位女前辈在御夫、御子、御国等方面都颇有作为，堪称武则天前传。这位女性，就是隋文帝的皇后独孤伽罗。

独孤皇后御夫有道，最经典的表现是，她让身为皇帝的隋文帝杨坚坚守一夫一妻原则，创造了中国古代帝王后宫生活的奇迹。根据《隋书·后妃传》记载，独孤伽罗十四岁嫁给杨坚，新婚之夜就让杨坚发誓"无异生之子"，也就是说，杨坚所有的儿女必须都是独孤伽

---

[1] 北魏孝文帝即位时只有五岁，冯太后主持朝政，并推行了一系列的改革措施。待孝文帝亲政后，他又进一步推行政治改革。他们的共同努力，对于巩固中国北方的统一，加强北魏的统治，以及加速民族融合，都起到了积极的作用。

清
王武
《牡丹》◎

罗所生。历史证明，杨坚是一个信守诺言的人，此人共有五儿五女，全部是独孤伽罗的亲骨肉。这在奉行多妾制的中国古代上流社会，已经非常罕见，若发生在皇帝身上，就更是难能可贵了。

独孤皇后为什么能够做到这一点呢？首先是拜她父亲所赐。独孤伽罗的父亲是西魏八大柱国①之一，关陇贵族集团的核心人物独孤信。独孤信号称史上最牛老丈人。他生了七个女儿，长女嫁给北周明帝，被封为明敬皇后；第四女嫁给唐高祖李渊的父亲李昞（bǐng），被追封元贞皇后；第七女就是独孤伽罗，嫁给隋文帝，被封为文献皇后。一门出三朝皇后，在整个中国历史上只此一家。事实上，杨坚的父亲杨忠就是独孤信的老部下。独孤家族地位如此高贵，自然强化了独孤

西魏权臣宇文泰为了对抗东魏北齐和梁陈，聚合了关中和陇西的胡汉精英，形成了一个强大的门阀集团——关陇集团。从北周、隋朝到唐朝，皇族和最重要的辅政大臣，几乎都出自这个集团。待武则天上台后，她开始打压关陇集团，加速了它的解体。

关陇贵族集团

---

① 西魏的最高官职为柱国大将军，位置在丞相之上。西魏文帝大统十六年以前，宇文泰（北周开国皇帝宇文觉的父亲）、李虎（李渊的祖父）、王元欣、李弼、独孤信、赵贵、于谨、侯莫陈崇等八人曾任此职，被称为"八柱国"。

伽罗的自信和骄傲。也正是因为有这种强势的背景，独孤伽罗才敢提出"无异生之子"的要求，而杨坚也不敢有什么反对意见。

不过，家族背景只能保证独孤伽罗在婚姻初期的强势，能够让杨坚在当了皇帝之后仍然恪守一夫一妻之道，更多的还是靠独孤皇后的个人能量。什么能量呢？独孤皇后不仅有胆，而且有识，有勇。所谓有胆，是指她能够在关键时刻帮助杨坚做出政治决断。当年，杨坚和独孤伽罗的长女杨丽华嫁给了北周宣帝，宣帝为人荒唐，让六岁的儿子接班，自己年纪轻轻就当上了太上皇。这也罢了，没过多久，周宣帝又暴病而死。主少国疑，杨坚得以借助皇太后的父亲，小皇帝外祖父的身份入宫辅政。辅政大臣距离皇帝只有一步之遥，要不要突

隋文帝杨坚

杨坚本为北周重臣，女儿是北周宣帝五位皇后之一。北周宣帝二十多岁暴病身亡后，北周静帝年龄尚幼，杨坚得以成为辅政大臣，掌管政治、军事和人事。

581年，静帝禅让皇位给杨坚，杨坚成为开国皇帝。因为他之前的封号是随国公，所以国号本应为"随"。但杨坚觉得"随"字有走字旁，作为国名感觉不够稳固，新国家可别随意走了，于是他将国名改为同音字"隋"，他就是日后的隋文帝。之后不久，退位的北周静帝被杨坚杀害。

破这个界限，干脆改朝换代呢？杨坚其实相当犹豫。他想当皇帝，可是又害怕冒险。就在这个关键时刻，独孤伽罗派心腹入宫向丈夫进言："大事已然，骑兽之势，必不得下，勉之！"你已经骑在虎背上了，难道还想下来吗？一句话点破了杨坚的处境，也坚定了杨坚的信心。就是这种巾帼不让须眉的胆气，成就了隋朝的帝业。

再看有识。所谓有识，是指独孤皇后能够给隋文帝贡献政治智慧。独孤皇后一有闲暇便手不释卷，对政治颇有见识。每次隋文帝上朝，她都要并辇而行，一直把隋文帝送进大殿，她自己就躲在旁边的殿阁里旁听。如果觉得哪一个地方隋文帝处理得不对，她就派宦官跟隋文帝随时沟通。这样一来，开皇①年间的政治决策，很难分得清哪些是隋文帝的主意，哪些是独孤皇后的主意。当时宫里管皇帝叫"圣人"，既然隋文帝和独孤皇后都履行着皇帝的职责，宫中干脆将两人合称"二圣"。后来，唐高宗②时期，武则天与高宗合称二圣，不就是追随独孤皇后的脚步吗！就是在独孤皇后的积极协助下，隋文帝创造出"开皇之治"的治世局面，这也让隋文帝相当敬重。

再看有勇。所谓有勇，是指独孤皇后维权的手段特别刚猛。隋文帝一生，并不是没想过拈花惹草。开皇年间，隋文帝到离宫仁寿宫度假，偶然看中了一个宫女。这宫女虽然身份卑贱，但谈吐举止却颇有不凡之处，隋文帝一打听，才知道她居然是尉迟迥（jiǒng）的孙女。

---

① 隋文帝有两个年号，第一个叫"开皇"，第二个叫"仁寿"
② 唐高宗李治是唐太宗李世民的儿子，649—683 年在位。

尉迟迥又是何许人呢？那可是当年杨坚当皇帝的最大障碍。杨坚辅政之时，尉迟迥曾经纠集三路大军起兵反对杨坚，差点让杨坚的皇帝梦成为泡影。后来，尉迟迥兵败自杀，他的孙女才被没入后宫，成了宫女。抚今追昔，杨坚的内心充满了征服者的豪情，就临幸了这个宫女。这不是破坏了一夫一妻的誓言吗？独孤皇后知道后勃然大怒，趁隋文帝上朝之机，结果了尉迟宫女。面对妻子的淫威，隋文帝也不敢硬碰硬，只好骑上一匹马，一口气跑出去二十多里，跑进了终南山。古代终南山是出家修行的地方，皇帝跑到那里，难道是要放弃天下吗？这个举动把大臣吓坏了，赶紧去追，好不容易在山里找到了垂头丧气的隋文帝。面对着苦苦劝谏的宰相，隋文帝长叹一声，说："吾贵为天子，不得自由！"终于掉转马头，回到了后宫，算是以实际行动向独孤皇后做了妥协。用如此残酷暴烈的手段维护自己的独尊地位，独孤皇后真是心狠手辣，这就叫有勇。

因为独孤皇后有胆、有识、有勇，隋文帝也一直敬她、爱她、怕她，和她同起同居，相看两不厌。据《隋书·音乐志》记载，隋文帝曾经写过两首琵琶曲，一个叫《地厚》，一个叫《天高》，就是讲夫妻之间的高天之义，厚地之恩，这是不是比唐玄宗和杨贵妃的故事还要硬核呢？

可事情还有后续。仁寿二年（602）八月二十四日，独孤皇后病逝于永安宫，享年五十九岁。随着她的去世，马上，两位原本默默无闻的后宫女子就活跃起来了。这两个人，一个是宣华夫人陈氏，一个是容华夫人蔡氏。其中，宣华夫人陈氏是陈朝亡国之君陈叔宝的妹妹，跟哥哥一样风流文雅；容华夫人蔡氏也是南方人，秀丽贤淑。这样两个温顺的南方美女和刚毅的独孤皇后形成鲜明对比，让隋文帝觉得非常新鲜，也非常迷恋。他整天和两位夫人泡在一起，不仅在国政处理上出现了很多失误，身体也越来越吃不消，终于一病不起。据《隋书·后妃传》记载，隋文帝病危之际，曾经对侍者说："如果皇后还在，我断断不至于落到今天这步田地呀！"这番忏悔虽然诚恳，但终究是马后炮。高压之后必有反弹，反弹至此，独孤皇后也就算不得完全的驭夫有道了。

再看御子。独孤皇后和隋文帝一共生育了五个儿子，隋文帝一上台，就立老大杨勇为太子。独孤皇后也恪尽母职，为杨勇选定了武将元孝矩的女儿做太子妃。这位元妃端庄有礼，深得独孤皇后喜欢。可是没想到，帝王之家也有和老百姓一样的苦恼，即母亲的审美眼光跟儿子并不一致。别人家大多数是母亲看不上儿媳妇，比如《孔雀东南飞》里的焦母和刘兰芝；他们家却刚好相反，母亲相中的白月光倒成了儿子眼里的剩饭粒。杨勇是个风流公子，他嫌元妃过于拘谨，就把妻子冷落在一边，转而喜欢上了一个姓云的小妾。因妾嫌妻，这可严重违反了独孤皇后的一夫一妻原则；把母亲选中的妻子晾在一旁，又是对母亲的大不敬。有了这样的心结，独孤皇后对儿子的印象坏到了极点。就在这种情况下，野心勃勃的二儿子晋王杨广乘虚而入了。杨广本来有率军南下，平定陈朝的大功，此时又和自己的王妃萧氏斯抬斯敬^①，对母亲更是恭敬有加。轻狂的长子和恭谨的次子两相对照，独孤皇后的情感天平迅速向杨广倾斜了。倾斜之后又如何呢？独

---

① 斯抬斯敬，用于形容双方客客气气，很有礼貌。

孤皇后可不是一般的母亲，她是一个说一不二的政治家。开皇二十年（600），在独孤皇后的强烈主张下，隋文帝将太子废为庶人。一个月后，又是在独孤皇后的授意下，晋王杨广被立为太子。一番操作，废长立幼，堪称虎妈。

然而，这种教子的结局也并没有那么美满。独孤皇后所喜欢的杨广，虽然在立为太子之前表现上佳，但是当上皇帝之后却滥用民力，穷兵黩武，只用了十四年时间，就断送了大隋王朝的锦绣江山，自己也落得一个"炀帝"的恶谥[1]，身败名裂。古往今来，很多人都认为，隋朝速亡，独孤皇后难辞其咎，不仅隋炀帝以国破家亡告终，独孤皇后其他的几个儿子也都未得善终。其中，老大杨勇在隋文帝死后迅速被弟弟杨广处死；老三杨俊因为秉性奢华，宠幸女色被隋文帝苛责，英年早逝；老四杨秀既贪财好色又野心勃勃，接连被隋文帝和隋炀帝两代皇帝软禁在身边，等到江都兵变，叛军杀死隋炀帝的时候，他也被一同了结；老五杨谅一直不服气二哥杨广，在隋文帝死后，他起兵造反，被抓回长安，囚禁至死。一般贵族人家，总是因为妻妾成群而导致孩子们各为其母，你争我夺。独孤皇后的五个儿子倒是一母同胞，最后却也是兄弟阋（xì）墙，你死我活。这当然算不得成功的教子案例。

再说御国。古代皇后都是政治人物。她们最基本的参政方式，就是管理后宫。这一点，独孤皇后也并不例外。独孤皇后母仪天下，

---

[1] 古人死后，人们会依据其生前的所作所为为其立个或褒奖或批评的谥号。大臣的谥号由朝廷赐予。帝王的谥号则在帝王驾崩后，由礼官拟定，并交由继位的皇帝决议并颁布。商纣王、隋炀帝的谥号"纣""炀"都是表示批评的词。

清 吴历 仿吴镇《山水》◎

有两件事最为人称道。第一件事是厉行节约。开皇初年，突厥和隋朝互市，出售一篓明珠，要价八百万。那明珠晶莹润泽，举世少有，有人就劝独孤皇后买下来，为后宫添彩。独孤皇后说："非我所须也。当今戎狄屡寇，将士罢劳，未若以八百万分赏有功者。"我不稀罕那些奢侈品，如今大隋跟突厥打仗，将士们都特别辛苦。如果朝廷拿得出这八百万，就去犒赏将士们吧！一席话赢得满朝归心。事实上，独孤皇后不仅没有高档首饰，甚至连基本的化妆品都没有。据史书记载，隋文帝有一次配药，需要胡粉一两。胡粉是最基本的化妆品，他觉得后宫肯定多的是，就跟独孤皇后讨要，没想到独孤皇后一直素面朝天，宫中竟然从来没采购过胡粉。如此朴素的皇后，当然能引导出一种简朴的宫廷风气，这对一个刚刚统一的国家而言弥足珍贵。第二件事是压制外戚。如何面对外戚，在古代一直是评判皇后是否无私的试金石。独孤皇后虽然大权在握，却自律甚严。整个文帝一朝，独孤皇后的娘家没有一个人身居高位。不仅如此，一旦外戚犯罪，她还要从重处罚。独孤皇后有一位表兄叫崔长仁，犯罪当死。本来，以皇后之亲，按照当时的律法和惯例，可以赦免。但是，独孤皇后说："国家之事，焉可顾私[①]！"坚决主张把崔长仁斩首。这种不纵容外戚，自觉维护皇权的风范，也很是让人敬仰。

管理后宫是皇后的基本参政模式。不过，独孤皇后并不是一般的皇后。她的一只脚稳稳地站在后宫中央，另一只脚却已经迈向了前

---

① 涉及国家之事，怎么可以顾念私情。

朝。独孤皇后不仅跟随隋文帝上朝听政，在隋朝最重要的人事任免上，她的意见也颇具分量。其中最经典的例子就是隋文帝时代最重要的宰相高颎（jiǒng）。高颎本是独孤皇后的父亲独孤信的家臣，北周建立之初，独孤信被逼自杀，一时树倒猢狲散。只有高颎对独孤家族不离不弃，让年轻的独孤伽罗感念不已。杨坚刚一辅政，独孤皇后就大力推荐高颎，让他在第一时间进入相府。后来，高颎高居相位十余年，经历多次政治风浪，始终不动如山，也是因为有独孤皇后这样一个坚强的靠山在。正因为他跟皇后这层特殊关系，隋文帝尊重当年独孤信赐给高颎的胡姓，在朝廷里干脆管他叫独孤，这不明摆着把他算成皇后的人吗！

可是，独孤皇后在政治上的影响力太大了，她信任高颎的时候，固然会提拔高颎，保护高颎；但是，一旦她的心情有变，也就成了高颎最重量级的杀手。隋文帝临幸的尉迟宫女被独孤皇后打死，文帝一怒之下跑进终南山，当时，赶去劝解的宰相正是高颎。为了让隋文帝回宫，高颎劝慰道："陛下岂以一妇人而轻天下！"就这么一句话，让他在独孤皇后这边失宠了。独孤皇后是个非常自信的人，她觉得自己就是天下。没想到，高颎居然说她只是一介妇人，跟天下相比无足轻重，独孤皇后心里岂能平衡！从此，她对高颎就生出了嫌隙。正在这时，高颎的结发妻子去世了。独孤皇后一片好心，劝说高颎续弦，还要亲自替他张罗。没想到，高颎却拒绝了，声称是对妻子旧情难忘。独孤皇后不是最在乎一夫一妻吗？听到如此深情的说法，几乎都要感动了。可是，没过多久，却传来了高颎的小妾生子的消息。这样一来，独孤皇后可真觉得被冒犯了。原来，你是在我面前耍花枪，你不是不想再娶，你只是不要我给你张罗的人，是可忍，孰不可忍！开皇十九年（599），在独孤皇后的一再挑拨下，高颎被隋文帝革职为民。真可谓成也萧何，败也萧何。而且，随着高颎被贬，辉煌一时的开皇之治也就基本落幕了。因为个人感情而影响朝政，这样说来，独孤皇后御国，也是毁誉参半。

行文至此，可能读者朋友会好奇，无论御夫、御子还是御国，你都同时写正反两面，那么，你到底如何评价独孤皇后呢？个人觉得，独孤皇后是一位极有本领的女性，但是，她也有重大缺点，那就是过于严苛。她是一个非黑即白的人，在她的心灵世界里，没有灰色这种过渡色；她在跟人打交道的时候，也缺乏必要的宽容度。有道是"水至清则无鱼，人至察则无徒"。当你只允许完人存在，而对不完美的人又具有生杀予夺大权的时候，就会出现三种可能：一种是这个不完美的人拼命压抑着自己的不完美，等有一天他终于有机会释放的时候，那不完美会变本加厉地表现出来，比如隋文帝；还有一种是不完美的人假装成完美的样子来欺骗你，但他终有狐狸尾巴露出来的那一天，比如隋炀帝；而第三种则是这个人虽然不完美，但仍是一个有价值的人，而这个有价值的人却因为不完美而被你淘汰了，比如高颎。这三种状况，无论是对家庭还是对国家，都会产生负面影响。

还是回到我们屡屡关注的家风问题。到底什么是家风呢？我觉得，所谓家风，就是一个家庭共享的性格特点和价值追求。家风对人的塑造力太大了，就以隋文帝一家来说吧，不仅独孤皇后严苛，她的丈夫隋文帝、儿子隋炀帝也都绝不通融，正是这种绝不通融的察察之政让盛极一时的大隋王朝像钢一样，虽然强硬，却也易断。

当年，隋文帝视察并州，曾经写过一首诗："红颜讵（jù）几，玉貌须臾。一朝花落，白发难除。明年后岁，谁有谁无。^①"这首诗大概同时在感慨着他和独孤皇后两人永不再来的青春岁月吧。虽然时光流逝是人类的永恒慨叹，但我仍然一直觉得，这首诗的情感基调有点奇怪。奇怪在哪里呢？它缺乏一种开国皇帝特有的朝气。它显得那么消沉，那么落寞。是不是一个对人对己都过于苛刻的人格外容易消沉和失望呢？而失望又会反转过来，让人更加苛刻。其实，人生就是一场修炼，把生铁炼成精钢是智慧，让百炼钢化为绕指柔更是智慧，人生的成败，有的时候，就在这火候的把握上。

【思考历史】

◇ 了解一下隋文帝杨坚和独孤皇后都有哪些历史功绩，又有哪些问题。

◇ 了解一下隋炀帝是如何走上政治舞台的，又是如何导致了隋朝的覆灭。

◇ 了解一下关陇贵族集团，想一想：为何独孤家族可以一门三皇后？

---

① 红颜在哪里呢？美丽的容貌须臾即逝，一朝花落容颜老，白发难再消除。明年后年，谁还在谁不在了呢？

清 任薰 《仕女图》 ◎

女子从军，在中国古代是极为罕见的事情。所以木兰从军的故事虽然半真半假，但是也被传唱了一千多年。从军尚且困难，领军就更是凤毛麟角。抛开文学故事不谈，在历史上真正带兵打仗的女将军，商朝的时候有妇好①，南北朝的时候有冼夫人，再数到第三位，应该就是著名的娘子军领袖，大唐平阳公主。

平阳在古代是个很常见的公主封号，历史上至少有八个公主都受封为平阳公主。其中比较有名的是汉武帝的姐姐平阳公主，她曾经向汉武帝推荐了卫子夫和李夫人两位重量级美女，这两位美女先后成为汉武帝的皇后。平阳公主自己又嫁给了卫子夫的弟弟卫青②，成了大名鼎鼎的将军夫人。这是一份很厉害的人生履历吧？但她还是没有唐朝的平阳公主厉害，唐代的平阳公主不仅仅是将军夫人，她自己就

---

① 商王武丁的诸妇（妃嫔）之一，曾率军征伐羌、夷、土方等族。一次伐羌用兵多达一万三千人。
② 本是平阳公主家奴，后成为西汉名将，大败匈奴。

是赫赫有名的将军；而且，她可不是依靠投胎技巧高，恰好生在皇家才成为公主，恰恰相反，大唐的江山，就是她参与打下来的。也就是说，不是先有大唐，后有公主；而是先有公主，后有大唐。更重要的是，这位平阳公主给中国留下了一个响当当的名号——娘子军。娘子军本来是她领导的军队的称号，后来就成了女战士的代名词。二十世纪三十年代，纵横驰骋海南岛的工农红军第二独立师女子军特务连，不就被称为"红色娘子军"吗！那么，这位平阳公主到底有怎样的传奇人生呢？我跟大家分享三个片段。

第一个片段叫"走你的，别管我"，这是平阳公主跟她的夫君柴绍说的一句话。平阳公主是唐高祖李渊的三女儿，当时女孩的名字都不外传，我们姑且就叫她李三娘吧。李三娘长大之后嫁给了一个名叫柴绍的武官。那时候还是隋炀帝时期，柴绍正担任元德太子杨昭的千牛备身。所谓千牛备身，是古代的官名，负责"执御刀宿卫侍从"，

隋末农民起义

隋炀帝时，因为连年征战，兵役、徭役繁重，农民苦不堪言，于大业七年（611），在长白山（今山东邹平南）爆发王薄起义。之后，起义的浪潮席卷全国，形成三支主力起义军，即翟让、李密的河南瓦岗军，河北窦建德军，江淮杜伏威、辅公祏军，隋朝的统治逐渐土崩瓦解。

算是皇帝的贴身卫兵。既然丈夫是皇帝的侍卫，李三娘也就出嫁从夫，跟丈夫一起住在长安城。可是，这时候的隋朝已经是所在蜂起，众叛亲离了。隋炀帝带领一伙亲信躲在扬州，只留下自己的孙子，年仅十二岁的代王杨侑（yòu）留守长安。看到这种局面，李三娘的爸爸，也是隋炀帝的姨表哥，太原留守李渊决定起兵，跟隋朝争夺天下。就在起兵之前，李渊派出使者悄悄来到长安城，让柴绍夫妇赶紧到太原去。为什么他这个时候要召回柴绍夫妇呢？一方面是打仗亲兄弟，上阵父子兵，需要儿女都来帮忙。另一方面，这也是在保护柴绍夫妇。否则，李渊这边一造反，杨侑那边肯定得先杀柴绍夫妇。所以，李渊让柴绍和三娘赶紧离开长安，到太原去会合。可是，这个时候，柴绍犹豫了，他怕拖家带口，走不利落。于是就对李三娘说，你父亲要起兵反隋，我也想去给他帮忙。可是，咱们一起走目标太大，恐怕走不了，我一个人走，又怕你留下来有危险。怎么办好呢？很显然，柴绍是把李三娘当成拖累了，觉得怎么安排她都不是，颇有点项羽当年"虞兮虞兮奈若何"的无奈。在这种情况下，若是一般的小女子，肯定会死死拉住丈夫不放，要活一起活，要死一起死；如果遇到虞姬那样的烈女子，还可能会自杀明志，不让丈夫有后顾之忧。李三娘怎么表态呢？她既不是个缠缠绵绵的弱女，也不是个视死如归的烈女，她从容地对柴绍说："君宜速去。我一妇人，临时易可藏隐，当别自为计矣。"你赶快走吧，我一个妇女，容易躲藏，我自有办法。这不就是"走你的，别管我"吗？这个表态倒是从容镇定，问题是，她的办法到底在哪里呢？

这就是第二个片段，叫"我比你强"。柴绍一走，李三娘立刻悄悄地离开了长安城，来到了鄠（hù）县。鄠县就在长安城的西南边，他们夫妇在那里有个庄园。回到庄园以后，李三娘可没有藏入深闺，恰恰相反，她立刻散尽家财，招兵买马。很快，原本在终南山占山为王的几百个亡命之徒就汇聚到了她的麾下。以这几百人为班底，李三娘也打起了造反的大旗。这可不是避祸了，这不干脆就是找打吗？李三娘为什么要这样做呢？因为她太有政治眼光了。还在长安的时候她就一直冷眼旁观，她知道，尽管代王杨侑还控制着长安城，但是，长安城外早就成了造反者的天下。这些造反者力量不小，但是群龙无首，这时候，只要有一个有号召力的人振臂一呼，他们就会应者云集。谁来做这个领头人呢？当时的政治舞台上，活跃着一支力量，史家称之为"关陇贵族集团"。这支集团的顶层是西魏分封的八柱国、十二大将军，一共二十家核心力量。西魏、北周和隋朝的皇帝都出身于这个集团，而李渊的祖上李虎正是当年的八柱国之一，因此也是这个集团中人。当时人都觉得，只有这个集团中的人才能当皇帝，既然如此，自己何不打起爸爸的旗号，就当这个领头人呢？就这样，李三娘打出了"唐国公李渊之女三娘子"的名号，开始招降纳叛了！

招降纳叛这个大方向不错，可是，由谁招，招揽谁却特别考验领导人的水平。如果派出去招降的人是个刚愎自用的草包，那么真正的英雄肯定会看不上眼，不为所动。同样，如果招来的人都不堪大任，那么再好的金字招牌也会被搞砸。李三娘真是火眼金睛，她在自己的亲信之中，选出了一个招降使者马三宝，又在周边的造反派中，选出了一个重点招降对象何潘仁，有了这两个人，李三娘的一盘棋就活起来了。

先说马三宝。马三宝是何许人？他其实是柴绍的一个家奴，柴绍去了太原，就把他留给李三娘使唤。经过一番考察，李三娘觉得马三宝忠诚机变，胆大心细，就派他做自己的全权代表，让他到周边造反派的营寨之中，一家一家地谈判，拉他们入伙。

再看重点招降对象何潘仁。何潘仁又是何许人？此人并非中原人，而是唐朝大名鼎鼎的商胡群体昭武九姓①粟特②人，出身于中亚的何国。现在我们在博物馆里看到的那些深目高鼻，戴尖帽子的胡俑，就是粟特人的形象。粟特人沿着丝绸之路东奔西走，本来是标准的生意人，不过，古代的商道并不安全，为了保护自己和货物，他们也都有武装。眼下天下大乱，生意难做，何潘仁手里有钱有枪，干脆改行当起了盗贼，手下聚集了好几万人，是当时长安周边最大的势力。这样的势力李三娘当然不可能放过，马上就派出马三宝，游说他入伙。

何潘仁是个商人，最擅长权衡利弊。他自己很清楚，作为西域商胡，他不可能真的在中原的政治舞台上呼风唤雨。所以，他虽然兵强马壮，却一直自称总管，也就是大管家，等待真正有本事的人来收编他。眼下这位李氏三娘子，不仅自己英雄了得，还是唐国公李渊的女儿，跟着她，绝对更有前途。就这样，马三宝和何潘仁一拍即合，何潘仁的队伍改旗易帜，成了李三娘的手下。

① 隋唐时期对中亚的阿姆河、锡尔河流域粟特人为主体的诸国政权的泛称。
② 古族名，属伊朗族的东支。原来居住于中亚粟特地区，因此被称为粟特人。粟特地域不大，却是多条交通要道的枢纽，善于经商的粟特人遂成为丝绸之路上的重要角色。

马三宝是奴隶，何潘仁是西域商胡，这两个人在当时人看来都是下等人[1]，可是，李三娘不受这些陈腐观念的束缚，对他们委以重任，用之不疑，这就叫不拘一格降人才。就这样，在李三娘的努力下，长安周边的起义军基本上都被纳入了她的麾下。手下部队很快扩充到了七万人。这七万人是个什么概念呢？要知道，李渊起兵太原，也不过统兵一万。此刻，李三娘手下的兵力，已经是老爸的七倍了！想想看，这么一支大部队的领袖居然是个女人，这在当时真是骇人听闻，所以，人们干脆称之为"娘子军"。也就是说，所谓娘子军，并不是指娘子当兵，而是指娘子为将。古人说得好，千军易得，一将难求，这娘子军的领袖，岂是凡人！

可是，一支军队光有数量还不行，更重要的是质量。李三娘收编的人马本来都出自不同的山头，谁也不服气谁，如果不能令行禁止，再多的人也只是一盘散沙。怎么才能把这样一群"乌合之众"改造成一支所向披靡的劲旅呢？《旧唐书》[2]云："每申明法令，禁兵士，无得侵掠，故远近奔赴者甚众。"换言之，李三娘不仅能成军，更能治军。她的军队军纪严明，秋毫无犯，这对于当时饱受战乱之苦的老百姓来说，不正是值得拥戴的仁义之师吗！投奔她的人也就越来越多了。娘子军异军突起，当然会引起隋朝留守部队的不安，他们几次讨

---

① 中国古代是农业社会，重农抑商，所以商人的社会地位不高。

② 后晋刘昫监修而成，记录的是唐朝建国到灭亡的历史。原名为《唐书》，后来为了和宋代欧阳修等人编撰的《唐书》（被改称《新唐书》）相互区别，被人们改称为《旧唐书》。

清 张熊 《碧桃牡丹》 ◎

伐，却都被打得落花流水。很快，周至、武功、始平等长安周围的县就都姓了李，娘子军所向无敌，威震关中，长安真的成了一座孤城。

势力发展到这一步，李三娘派人给李渊报信去了，说自己已经扫清障碍，恭候爸爸的大军！听到这个消息，李渊真是喜出望外。本来，李渊起兵就是父子兄弟齐上阵，他当时基本成年的儿子一共有三个，老大李建成率领左路军，老二李世民率领右路军，老三早死，老四李元吉率军镇守大本营太原，女婿柴绍则隶属于李世民麾下。这些儿子之中，最大的李建成不过二十八岁，最小的李元吉只有十四岁，就都独当一面，没想到独自一人留在长安的女儿也如此厉害，这真是山河俱壮，儿女英雄！

当时，李世民率领的右路军是前锋部队，先行进入关中，李渊就让他赶紧跟姐姐会师。既然李三娘的丈夫柴绍隶属李世民的麾下，李世民就让姐夫带上骑兵赶紧走，去迎接姐姐。柴绍这边是多少人马呢？按照史书记载，柴绍麾下是几百个骑兵。而李三娘呢？早已率领精心挑选出来的一万精兵恭候。看着眼前英姿飒爽的三娘子，想想自己当时嫌人家碍事，把她独自一人留在长安的情景，不知道柴绍会不会羞愧难当呢？这就是李三娘人生的第二个片段"我比你强"，能有这样的威风，真是为千秋女儿生色！

就这样，在长安城下，李三娘和她的丈夫柴绍对开幕府，各自设立自己的中军大帐，统领自己的军队，围攻长安。在李渊一门父子夫妇的猛攻之下，长安城很快易主，中国历史也从隋朝换到了唐朝。李渊当上了唐朝的开国皇帝，论功行赏，要分封儿女了。在这之中，李建成封为太子，李世民封为秦王，李元吉封为齐王。李三娘呢？她被封为平阳公主。为什么给她这么一个封号呢？首先，她丈夫柴绍是山西临汾人，临汾古称平阳，封她做平阳公主，彰显的是对公主夫家的尊重。但是，这可能并不是唯一的原因，还有一个缘故更有趣。平阳是在隋朝才被改叫临汾的，之所以改名，是因为隋文帝姓杨，他觉得平阳这个名字不吉利。当时的隋文帝万万想不到，威风八面的杨隋王朝，真的会被铲平，而它的铲平者之一，居然是一位女子吧。李渊抚今追昔，不由得幽默了一把，既然女儿在铲平杨隋的过程中立了大功，为什么不干脆封她为平阳公主呢？就这样，平阳公主这个响当当的名号横空出世了。这不就是前文所说的先有公主，后有大唐吗！

第三个片段叫"她配得上军礼"。可能读者朋友注意到了，第一个片段叫"走你的，别管我"，第二个片段叫"我比你强"，都是拿平阳公主做了第一人称，直接从她的角度立论。这第三个片段为什么叫"她配得上军礼"，改成第三人称了呢？因为唐高祖武德六年（623），也就是唐朝建立六年之后，平阳公主去世了。怎么安葬这位功勋卓著的公主呢？唐高祖下诏："加前后部羽葆[1]（bǎo）、鼓吹[2]、

---

① 古代葬礼仪仗的一种。以鸟羽聚于柄头如盖。

② 鼓吹乐是古乐的一种。秦汉时期以鼓、笳和角为主奏乐器、中间有歌唱的一种音乐形式。因为由北狄传来，所以具有北方草原的风格。主要可分为鼓吹、横吹、短箫铙歌三大类。鼓吹主要用排箫和胡笳。横吹主要用鼓和角，是军中马上所奏的乐歌。短箫铙歌主要用排箫和铙，通常于军队凯旋时在殿廷上奏唱。

大路、麾幢[1]（huī chuáng）、虎贲[2]（bēn）、甲卒[3]、班剑[4]。"这都是当时高规格的葬礼仪仗，寄托着唐高祖对公主的哀思。可是，当时主管礼仪的太常却提出了不同意见。他们说，自古以来，妇女的葬礼就没有用鼓吹的，这恐怕不合规矩。面对这种意见，唐高祖发话了。他说："自古以来为什么妇女不用鼓吹呢？因为鼓吹是军乐，一般妇女不从军，当然不能用。可我的平阳公主不一样。当年，她在鄠县起兵，擂鼓鸣金，身先士卒，有克定天下之功。她本身就是带兵打仗的大将军，为什么不能用军乐来安葬呢？"就这样，因为唐高祖一锤定音，唐朝破例以军礼安葬平阳公主，这也是中国古代历史上，唯一一位由军队送葬举哀的女子。这还不够，礼官们还给她上了一个谥号，叫"昭"。昭是什么意思呢？按照中国古代定谥号的原则，明德有功称之为"昭"。所以，平阳公主最后的称号是"平阳昭公主"。历史上的平阳公主确实有好几个，但是，平阳昭公主只有这一位。众所周知，北朝隋唐的女子最为勇武。这勇武如何展现呢？从文学的角度讲，自然是木兰从军最有光彩；但是从史学的角度来看，平阳公主和娘子军无疑更有事实上的影响力。

如此传奇的公主，谁不愿意跟她攀上关系呢？大概从金朝开始，山西有一座很重要的关口苇泽关就被改名为娘子关。很多人都相信，平阳公主曾经率领她的娘子军在此驻扎。这其实并不是事实。虽然李渊从山

---

① 古时官员仪仗中的旗帜。

② 勇士。

③ 铠甲和士兵，泛指武器。

④ 汉制朝服带剑，晋代用木，叫班剑。后代用于仪仗，由随从武士若干人佩戴。

西起兵，但平阳公主却一直在长安周边活动，并没有去过山西。但是，尽管如此，千百年来，人们还是愿意相信，这就是娘子军建功立业的地方。

明朝有一位诗人叫王世贞，曾经路过娘子关，他抚今追昔，写了一首《娘子关偶成》："夫人城北走降氐（dī），娘子军前高义旗。今日关头成独笑，可无巾帼赠男儿？"什么意思呢？所谓夫人城，指的是湖北襄阳。东晋时期，氐族首领苻坚的儿子苻丕大举进攻襄阳，襄阳守将朱序的母亲韩夫人精通兵法，提醒儿子襄阳城西北角最危险，让儿子加强防守。而且，她还亲自率领婢女和襄阳城中的妇女，又增修了一道内城。后来，苻丕果然从西北角对襄阳发起进攻，但是，因为有了韩夫人的提前防范，苻丕最终没能打下襄阳，只好灰溜溜地撤军。这就是"夫人城北走降氐"。第二句"娘子军前高义旗"，说的无疑就是平阳公主的故事。如果没有平阳公主率领娘子军，高举义旗，唐朝又怎么会那么顺利地建立呢！王世贞为什么要赞美韩夫人和平阳公主呢？他其实是想要借古讽今，激励一下明朝的守关将士：可笑你们这帮家伙，居然还不如韩夫人和平阳公主这样的女子，真应该把妇女的头巾解下来送给你们，让你们也知一知羞。这就是诗中的后两句："今日关头成独笑，可无巾帼赠男儿？"

拿妇女来激励男子是古代文人的常态。《三字经》中说："蔡文姬，能辨琴。谢道韫，能咏吟。彼女子，且聪敏。尔男子，当自警。[1]"

---

① 蔡文姬小时能辨听出琴音；谢道韫小时能吟咏出诗句"未若柳絮因风起"。这两位女子尚且这么聪慧机敏，作为男子更要自我警醒。

承认女子的聪慧，只是为了砥砺男子。同样，王世贞为娘子军唱赞歌，目的也不是真的夸赞妇女，而是为了激励明朝的守边士兵。囿于时代，囿于观念，他们虽然看到了妇女的能力，但并不真的愿意承认妇女的独立价值。但是，今天的我们知道，平阳公主确实是一位有能力的军事统帅，她的存在，不是为了陪衬哪个男子，更不是为了激励哪个男子。她就是她，巾帼就是英雄。

【思考历史】

◇ 请了解隋朝末年农民起义的过程，思考农民起义军为何没有最终夺得天下。

◇ 说一说在女子受限的古代，平阳公主为何更值得我们尊敬，她是如何跳出男子对她的限定的？

◇ 了解一下李渊起兵并建立唐朝的过程，思考为什么在群雄逐鹿的过程中李渊最终夺得了天下。

历史迈过南北朝的动荡，迈过隋朝的冒进，进入花团锦簇的大唐盛世，需要一位真正有影响力的大女主来开创局面，引领风骚。唐太宗[1]的长孙皇后，就是这样一位有分量的大女主。

在中国所有的皇帝家庭中，唐太宗和长孙皇后堪称绝配。唐太宗号称是"千古一帝"，长孙皇后则被誉为"千秋贤后"。而且，古代人还认为，唐太宗能够成就千古一帝的功业，在很大程度上离不开长孙皇后这个贤内助的辅佐，这当然是对长孙皇后极高的评价。事实上，因为中国古代主张"女无外事"，所以，除了少数妇女能够因缘际会，走上政治前台，绝大部分女性的人生定位都是内助。从"内助"到"贤内助"，别看只差一个字，要求可是高了许多，真正达标的人并没有多少。那么，长孙皇后到底有哪些贤德的表现，能够成为古今公认的贤内助呢？身为皇后的女子，有三大舞台，分别是后宫、朝廷和本家，而长孙皇后恰恰有三大好处，分别是后宫贤主、政治高参和外戚防波堤。

---

① 李世民，唐朝开国皇帝唐高祖李渊的次子。

秋风篱菊萧疏恕晚丛向似足心养魏是四时常放陈今红作柔庵蒲华

清 蒲华 《牡丹》 ◎

先看后宫贤主。中国古代，皇后是六宫之主，所以，后宫算是皇后的主场。六宫之主应该怎么当呢？我们现在看后宫戏，总觉得皇后在后宫里的工作就是生儿子和争宠两件事，这真是天大的误会。其实，如果把后宫比成一个大企业，那么，皇帝是后宫的董事长，而皇后则是后宫的 CEO，也就是首席执行官。首席执行官最重要的工作，其实是维持公司的平稳运行。怎么维持呢？举一个例子。唐太宗戎马起家，其实是个暴躁的人，有的时候会乱发脾气，迁怒于宫女，这在古代叫作"以非罪谴怒宫人"，难免会有冤假错案。出现这种情况的时候，CEO 该如何处理呢？按照史书记载，每次遇到这种情况，长孙皇后总是表现得比唐太宗还愤怒，她说："后宫居然出了这样的事情，真让我这个六宫之主惭愧不已。陛下就交给我吧，我一定从严处理！"随即就命人把那个犯错误的宫女关起来。唐太宗一看皇后跟自己立场一致，而且出手快，下手狠，丝毫没有包庇宫女的意思，自然也就不说什么了，任凭她来处置。这不就等于先把犯错误的宫女保护起来了吗？等过了几天，唐太宗息怒了，不怎么理会这件事了，长孙皇后再仔细考察，合情处理。

什么叫作合情处理呢？她的原则是重责而轻罚。既然宫女能惹唐太宗生气，说明她肯定有一些毛病，因此一定要重重地责备她，让她认识到错误的严重性。这既是给皇帝面子，也是让宫女长记性，日后不会再犯。但是，在重重责备之后，长孙皇后却又从轻发落，不轻易让任何人失去在后宫生存的机会。这样处理好不好呢？当然好。首先，凡是后宫里的事情都由皇后全权负责，不上交矛盾，这就树立了皇后的权威。其次，既讲规矩，又留余地，这就保证了后宫的严肃与祥和，有这样的大姐型 CEO 坐镇，连后来呼风唤雨的武则天都只能暂时蛰伏，兴不起风浪来，这不就是后宫贤主吗？

唐朝

·617 年，太原留守李渊乘着隋末农民起义起兵，攻占长安（今陕西西安）。

·618 年，隋炀帝被杀，隋朝灭亡。李渊称帝，国号"唐"，亦称"李唐"，建都长安。

·626 年，李渊次子李世民听从长孙无忌等人的计策，在玄武门（长安太极宫北面正门）发动政变，杀死太子李建成，逼迫李渊退位。同年登临帝位，之后开启贞观之治。

·690 年，武则天自称"圣神皇帝"，改国号为"周"，史称"武周"。

·705 年，张柬之等人发动政变，唐中宗复辟，武则天退位，同年驾崩。

·710 年，韦后毒死唐中宗。李隆基与太平公主发动政变，杀死韦后。

·712 年，唐玄宗李隆基即位。之后开启开元盛世。

·755 年，爆发安史之乱，前后历时八年。

·875 年，黄巢响应王仙芝起义。

·907 年，朱温逼唐哀帝禅让皇位，唐朝灭亡。朱温自立为帝，国号"梁"，史称"后梁"。

再看政治高参。后宫是皇后最重要的领地，但绝不是唯一的领地。中国古代讲究家国一体，真正的贤内助总有一只眼睛要盯在国家大事上。怎么才算盯着国家大事呢？像独孤皇后那样和皇帝一起上朝，直接插手政务的做法，古代主流意见并不认可，弄不好还会被扣上"牝（pìn）鸡司晨①"的帽子。在这种情况下，长孙皇后怎么做政治高参呢？她有一个很重要的原则：抓大放小。什么是小呢？其实，所有的具体决策都是小事，这种事长孙皇后绝不过问。根据《旧唐书》的记载，每次唐太宗问起长孙皇后对某些政事的意见，长孙皇后都会严正地说："牝鸡之晨，惟家之索②。"我一个女流之辈，怎么能对朝政指手画脚呢？陛下若是真有疑惑，就找大臣商量吧。这样不置一词，有的时候连唐太宗都有点不快，觉得这个皇后太拘泥于陈规。可是，长孙皇后是个讲原则的人，说不管就是不管。

那么，她管什么呢？她管大事。所谓大事，就是事关政治原则、政治道德的事。举个例子吧。唐太宗时期，有个宰相叫魏徵③，以进谏著称。根据《贞观政要》④记载，唐太宗贞观年间，大臣们给他提

---

① 母鸡像公鸡一样去打鸣报晓。旧时用于比喻妇女窃权乱政。
② 出自《尚书·牧誓》。周武王在牧野与商朝军队进行决战，在誓师仪式中，周武王在列举纣王的多条罪证时说"牝鸡之晨，惟家之索"。用"牝鸡之晨"批评纣王听信妇女之言，人们一般认为这里指的是苏妲己。
③ 魏徵，唐初政治家，字玄成，魏郡馆陶（今属河北）人。《西游记》里玉皇大帝处死犯错的泾河龙王时，选择让正直的魏徵去行刑。
④ 唐朝吴兢撰写，主要记载的是唐太宗与魏徵、房玄龄、杜如晦等大臣之间的问答，以及当时的政治措施和法规法令。

的意见一共有四百多条，其中，魏徵一个人提的就有二百多条，真是一个有想法的硬骨头大臣。可是，意见多了，难免有惹人不痛快的时候。有一次上朝，魏徵又给唐太宗提了意见，而且提得相当尖锐，相当刺耳。唐太宗回到后宫，怒气冲冲地说："会须杀此田舍翁！"也就是说，我一定要干掉这个乡巴佬！长孙皇后赶紧问："哪个乡巴佬呀？"唐太宗说："还不是魏徵！这个家伙居然在朝堂上公然羞辱我，是可忍孰不可忍！"长孙皇后一听，并不答言，抽身退回内室。不一会儿，换了一身朝服走出来，端端正正站在了唐太宗面前，欲行大礼。要知道，朝服是皇后的正规礼服，只有在皇后受册封、主持祭祀以及参加大朝会的时候才会穿戴。这个时候，非年非节，皇后一身朝服站在那里，唐太宗当然是丈二和尚摸不着头脑。长孙皇后说："我

谏官制度

古代帝王拥有至高无上的权力，为了对其约束，对帝王的错误进行纠正，设置了谏官这一职位。谏官要不畏强权，敢于向帝王进言，规劝帝王，帮助帝王改正错误。

周朝以后均设置有谏官，只是不同朝代里他们的称谓不同。秦朝时，谏官的名字是谏议大夫。汉朝时则是御史大夫。宋朝时甚至设有专门的"谏院"，我们熟悉的包拯、欧阳修、司马光等，都曾经在谏院任职。

如此郑重其事,是要对陛下表示祝贺呀。我听说过一句古语,叫作'君明则臣直'。魏徵直言极谏,那不正意味着您是一位圣明的君主吗!国有明君,我真是喜不自胜啊!"唐太宗不是傻子,他当然知道,皇后这是在劝谏他,要想当一个圣明的君主,就要有容人之量,容得下逆耳忠言。想通了这个道理,唐太宗自然不会去惩罚魏徵,魏徵也就可以继续放心大胆地直言极谏了。

这就是长孙皇后要管的大事。为什么这是大事呢?因为它涉及皇帝的政治原则和政治道德了。我们中国古代号称君主专制,但这绝不等于皇帝就可以为所欲为。事实上,皇帝必须尊重大臣的意见,用贤人政治来弥补君主集权的不足,这样才能长治久安。正因为如此,古代才专门设置谏官,纳谏也成为皇帝应该遵守的一个基本政治原则,而不杀谏官也就成为好皇帝必须恪守的政治道德。此刻,唐太宗居然意气用事,不愿意纳谏,还要因谏杀人,这可是关系到国家政治风气和政治前途的大事,长孙皇后怎么能不管呢?

管是要管的,但是,她这种管法跟独孤皇后陪皇帝上朝不一样,她管的不是具体朝政,而是丈夫的个人品德,这就属于软性参政,属于贤内助可以管,也应该管的范畴,所以自古及今,无人反对。事实上,长孙皇后不仅仅是管的内容正当,她管的方法更是可圈可点。她既不是像魏徵那样横眉冷对讲原则,也不是像一般家庭主妇那样唠唠叨叨讲利害,相反,她就那么一身华服,盈盈一拜,说:"陛下,您一定是一位圣明的天子,我祝贺您!"马上,唐太宗的气就消了,头脑也冷静下来了,长孙皇后的目的也就达到了。这种劝谏的方法不是直谏，而是曲谏，或者叫"谏而不犯"。什么意思呢？我指出你的错误，但是绝不冒犯你的尊严。如此富有女性气息的劝谏方式，恰恰适合唐太宗这样的政治强人，这才能收到最好的劝谏效果。长孙皇后这样既讲原则，又有方法，不正是真正的政治高参吗？

再看外戚防波堤。中国古代皇权是家天下，外戚干政也就成了一个政治顽疾。正因为如此，如何对待外戚，也就成了古代皇后的一个试金石。比如独孤皇后吧，虽然跟隋文帝一起上朝，让很多人不满，但是，她却一直坚持不让外戚掌权，这又为她赢得了相当大的尊重。那长孙皇后又是怎样对待她的娘家人的呢？那就要先看看她的娘家有什么人了。长孙皇后的父亲名叫长孙晟（shèng），是隋朝著名的军事家和外交家。当年，他出使突厥的时候，曾经一箭射中两只大雕，让突厥人赞叹不已，这就是成语"一箭双雕"的来历。长孙皇后的母亲姓高，是北齐皇室后裔。很明显，无论从父系、母系哪个角度考量，长孙皇后都出自政治豪门，这样的外戚是最有势力的。不过，虽然出生在豪门，她家情况又有点特殊。长孙皇后的母亲并不是长孙晟的原配夫人，而是他的续弦夫人。长孙晟在迎娶高夫人之前，已经有了四个儿子，跟高夫人结婚之后，又生下一儿一女。儿子叫长孙无忌，女儿小名观音婢，就是后来的长孙皇后。这本来也没有什么问题，可是，就在长孙皇后刚刚八岁的时候，长孙晟去世了。他这一去世不要紧，他的前房儿子长孙安业立刻把高夫人以及她的一双儿女赶出了家门。幸好高夫人的哥哥高士廉是个好人，收留了落难的母子三人，这才把长孙无忌和长孙皇后都抚养成人。有了这样一番人生经历，长孙皇后这边的外戚到底应该怎么算呢？按照人情，跟长孙皇后最亲近的应该就是她的一母同胞长孙无忌，而同父异母的哥哥长孙安业呢？不仅不亲近，几乎可以算是仇人。那么，长孙皇后究竟如何对待这两个兄长呢？她的原则与人之常情相反，是抑亲而扬疏。

长孙皇后在世时，坚决不让她的哥哥长孙无忌当宰相。可是，长孙无忌不仅是长孙皇后的哥哥，也是唐太宗李世民的发小，同时还是玄武门之变最大的功臣之一。可以说，唐太宗能当上皇帝，长孙无忌功莫大焉。皇后不让长孙无忌当宰相，唐太宗却舍不得这位得力干将。他劝长孙皇后说："我并非因为长孙无忌是你哥哥才提拔他，我提拔他，是因为我确实离不开他，国家也离不开他！你不能只顾自己避嫌疑，你要为国家着想啊！"长孙皇后听皇帝说得这么振振有词，感到难以反驳，只好假装接受下来。但是转过身来，她就去找长孙无忌，让他坚决辞职。有道是人各有志，长孙无忌本人不愿意干，唐太宗也就不好勉强了。就这样，因为这一对兄妹爱惜羽毛，洁身自好，长孙无忌一直到很晚才当上宰相。这叫"抑亲"。那"扬疏"又是怎么回事呢？这就涉及她的同父异母哥哥长孙安业了。唐太宗登基之后，长孙安业也按照唐朝对待皇后亲属的惯例，当上了监门将军。这已经不算亏待他了，可是，他贼心不死，居然卷进了谋反案，按照制度应当处死。当年，独孤皇后不就按照外戚从严的原则，坚决处死了自己表兄崔长仁吗？那么，长孙皇后是否也会这样处理长孙安业呢？并没有。恰恰相反，长孙皇后流着眼泪，在唐太宗面前叩头请命，说："长孙安业的确罪该万死，可是，他当年待我不好，天下尽人皆知，此刻陛下处死他，天下人一定会猜疑，您是因为宠爱我，才要杀了他给我报仇，这不是连累了您的盛德吗？不如这次网开一面吧。"就这样，长孙皇后硬是救下了长孙安业。

长孙皇后为什么要抑亲而扬疏呢？其实，这才是对人情的精准把握。在人们心目中，长孙无忌是皇后的至亲，就算是出于公心，一旦让他当了宰相，人们还是会认为皇后以权谋私；相反，长孙安业是长孙皇后的仇人，就算是出于私心，让他免于死罪，人们还是会觉得这是不报私仇，为人公道。换句话说，公和私本来没有绝对标准，关键问题还是要安定人心。面对复杂的人心，长孙皇后既不是肆意任情，也不是毫不留情，而是以义制情，让自己的行为符合天下人的感情，这才能让外戚安分守己，波澜不惊，所以说，长孙皇后是一道外戚防波堤。

长孙皇后有这样三大优点，堪称古代后妃的标杆。这样的人即使放在今天，仍然会是人们非常欣赏的十项全能型妻子。那么，长孙皇后的才能是如何修炼出来的呢？前人总结，经常会提到出身政治世家、饱读经书等因素。这些原因当然都很重要，但是，只考虑这些外在原因还不够，她还有一个成功的密码，就藏在她自己写的一首诗里。这首诗叫《春游曲》：

上 苑桃花朝日明，兰闺艳妾动春情。井上新桃偷面色，檐边嫩柳学身轻。花中来去看舞蝶，树上长短听啼莺。林下何

_{xū yuǎn jiè wèn}　　_{chū zhòng fēng liú jiù yǒu míng}
须远借问，出众风流旧有名。

什么意思呢？皇家园林里的桃花向着太阳，开得那么鲜明，深闺里那位美丽的姑娘，也因此荡漾起了一片思春之情。那水井旁初绽的桃花仿佛偷来了她脸上的红润，那屋檐边新发的柳枝仿佛学习了她身姿的轻盈。她看着那蝴蝶在花丛中款款飞舞，她聆听着黄莺在枝头唱出一长一短的歌声。你又何必到处打听她是从哪里得来的林下风度，她的风流出众早已举世闻名。

有人会说，这不就是齐梁时代宫体诗^①的模样吗？没错，这首诗是有宫体诗那艳丽的影子，但它仍然有独特的魅力。看看颔联的写法吧。"井上新桃偷面色，檐边嫩柳学身轻。"这个比喻多巧妙啊。它不是把姑娘的粉脸比成桃花，把姑娘的细腰比成柳枝，那叫以人拟物。它反过来比，说桃花红艳得像姑娘那柔嫩的脸色，柳枝摇摆得像姑娘的身段一样轻盈。这不就是反其道而行之，以物拟人了吗？单是以物拟人还不够，它还加上了动作：井上的新桃不是"像"面色，而是"偷"面色；檐边的嫩柳也不是"如"身轻，而是"学"身轻。这是多么生动的拟人写法！一点也不死板，不拘谨，真是个天生的诗人。《红楼梦》里，林黛玉一联"偷来梨蕊三分白，借得梅花一缕魂"尚且受到激赏，何况是比林黛玉还要早一千年的长孙皇后呢？

这还不够。这首诗写得多么得意啊。诗的主人公并非一般人，

---

① 指以南朝梁太子萧纲（简文帝）的宫廷为中心形成的诗歌。内容多是女子的闺怨和女子的举止情态，词藻绮丽。

她能够自由地行走在上苑[1]，可见是个有身份的皇家女子。她自称"艳妾"，可见青春貌美，朝气蓬勃。正因为如此，她看到井泉上刚刚绽放的桃花好似敷上了胭脂，才骄傲地认定那是偷了她娇艳的面色；她看到屋檐边刚刚发芽的御柳随风飞舞，也会自负地觉得那是学习了她身姿的轻盈。这也罢了，更得意的是最后两句："林下何须远借问，出众风流旧有名。"林下当然是指林下风度，那是一种傲岸不羁的君子风度。很明显，这位"兰闺艳妾"不仅有着高贵的身份、娇美的容颜，更有着特立独行的迷人风度，而且，她非常自信地认为，自己这种出众的风采早已经远近知名了。

这种不加掩饰的自信，是何等神采飞扬啊。后世很多有道学气的人都觉得，这首诗太香艳了，又是"兰闺"，又是"艳妾"，又是"春情"，有损长孙皇后的盛德。但是，唐太宗却不这么认为。他觉得这神采飞扬的风流人物，正是长孙皇后在自己心目中的样子，所以他才"见而诵之，啧啧称美"。大概，也正是因为这样的知己之情，才会让这一帝一后珠联璧合，共同创造出明君贤后的神话吧。

我一直觉得，贤后和明君一样，固然要时时提醒自己，也要经常修剪自己，这才能少犯错误，乃至达到奉公灭私的境界；但是，尽管如此，贤后和明君的精神底色一定不是压抑，不是拘束，而是自信。只有高度自信，才能建立起高度自尊，而高度的自尊又会催生出自律的意志和自强的能量。换言之，只有自信的人，才会有力量修理自己，

---

① 皇家园林。

完善自己。

就拿长孙皇后来说吧，因为她相信自己，她才会在玄武门之变中坚定地站在丈夫身边，给将士们传递武器；她也才会在丈夫登基之后毫不犹豫地退到幕后，做一个温柔的贤内助。而且，她还会在该享受生活的时候，恣意地流连美景，也恣意地顾盼神飞，她能写诗记录生活，更能把生活过成壮美的诗篇。这样的人，放在今天，也是傲骨贤妻。

【思考历史】

◇ 古代帝王为避免兄弟权力相争采取过哪些措施？长子继承皇位制度的利与弊是什么？你还了解哪些兄弟争夺皇位的故事？

◇ 了解一下古代其他贤后的故事，想一想，对于国家而言，贤后和普通人家的妻子有何不同？什么样的人才符合贤后的标准？

清 冯箕 《寒香疏影》 ◎

雲繞空山冷

昔在乙酉花朝前二日橅古艷生香於碧簫僊館玉田

红拂

　　一直以来，谈到唐代的文学形式，大家能想到的，似乎只有唐诗。但是，我个人一直深爱唐传奇，那迷人的故事，那简净的语言，并不比唐诗逊色。本文的主人公，就是一位从唐传奇中走出来的人物——中国古代第一侠女红拂。

　　红拂是何许人呢？此人姓张，原本是隋朝宰相杨素[1]的家妓，后来又成了大唐创业功臣李靖的夫人。大唐创业，本来就是一个父子夫妇齐上阵的传奇，这里不仅有深谋远虑的李渊父子，有豪气干云的平阳公主，有识大体顾大局的贤内助长孙皇后，还少不了天下英雄怀揣梦想，倾心相助。红拂就出自当时的一个英雄群体，人称"风尘三侠"，而且，她在风尘三侠之中，绝不是可有可无的花瓶，恰恰相反，她是这个传奇组合的发动机和黏合剂。关于其人其事，有一篇唐传奇叫作《虬髯（qiúrán）客传》，写得特别精彩，堪称中国武侠小说的开篇之作。但是，小说毕

---

[1] 他曾跟随隋朝开国皇帝隋文帝平定天下，被封为越国公。后来帮助晋王杨广夺位，进而权倾朝野。

竟太长了，难以全文引用，所以，我们不妨先从诗歌入手，这首诗是《红楼梦》中，曹雪芹假借林黛玉之手写下的《五美吟[1]·红拂》。诗云：

> cháng yī xióng tán tài zì shū　měi rén jù yǎn shí qióng tú
> 长 揖 雄 谈 态 自 殊，美 人 巨 眼 识 穷 途。
> shī jū yú qì yánggōng mù　qǐ dé jī mí nǚ zhàng fū
> 尸 居 余 气 杨 公 幕，岂 得 羁 縻 女 丈 夫？

这首诗讲的，其实是红拂女的第一次亮相，叫"美人择夫"。怎么择的呢？看第一、二句："长揖雄谈态自殊，美人巨眼识穷途。"诗中长揖雄谈的人不是红拂，而是红拂眼中的一位英雄。红拂是隋朝宰相杨素府里的一个家妓，因为日常工作就是手执红色拂尘站在杨素

唐传奇

小说的一种，一般指唐宋时期人们用文言创作的短篇小说。其源头可以追溯至六朝的"志怪小说"，而其内容已经慢慢扩展到社会生活、人情百态。

其中的名篇有中唐元稹的《莺莺传》，唐李朝威的《柳毅传》，唐白行简的《李娃传》。

---

① 《五美吟》五首诗吟咏的分别是西施、虞姬、王昭君、绿珠、红拂。

身后，所以才叫红拂。杨素是隋朝最有权势的人，家里整天宾客盈门，有求官的，有进贡的，当然也有打秋风的，而杨素又非常傲慢，每次都不是端端正正地跪坐，而是跨坐在胡床之上，身后还罗列着一群美人，有的打扇子，有的拿拂尘，就这样接待求见他的人。这在当时的人看来非常无礼，但是，因为杨素位高权重，一般人也就忍了。

而红拂呢？也因为这样，见识了好多大大小小的人物。虽然这些人无一例外地衣着光鲜，侃侃而谈，她倒并没有觉得他们有什么了不起。直到有一天，她见到了一位真正不同寻常的人。这个人名叫李靖，只是一介布衣，却声称有奇策，要见杨素。杨素还是按照老规矩，在一群美人的簇拥之下坐在胡床上。一见杨素如此轻慢，李靖勃然作色，他并不下拜，只是作了一个揖，大言道："当今天下大乱，英雄并起。您是朝廷重臣，正应该延揽豪杰，收罗天下人心。怎么能够如此傲慢地对待宾客呢！"杨素也是个通达之人，一听之后，马上给李靖道歉，正襟危坐地接待了他，跟他相谈甚欢。到这一步，像不像秦朝末年，刘邦接见郦食其（lì yì jī）的故事？刘邦也是傲慢无礼，郦食其也是一顿教训，后来呢？刘邦道歉，郦食其也就成了刘邦的谋士之一[①]。诗

---

① 《史记·郦生陆贾列传》记载，秦朝末年，郦食其是个看管里门的底层小吏，被称为"狂生"。郦食其拜见刘邦时见他正在洗脚，便没有跪拜，而是做了个长揖，然后训斥道"如果你想推翻暴秦，就不能接见长者时这么傲慢无礼"。听罢，刘邦立刻穿戴整齐，将他奉为上宾。后来，他成为刘邦的谋士，帮刘邦攻下陈留，并在楚汉相争时，说服齐国投降。但是，韩信不服气他靠嘴皮子就拿下了齐国，便偷袭了齐国，齐王认为郦食其出卖了自己，便杀了他。

仙李白还为此写了一首诗："君不见高阳酒徒[1]起草中，长揖山东隆准公[2]。入门不拜骋雄辩，两女辍洗来趋风。"那是不是李靖从此也成了杨素的谋士了呢？并没有。因为半路杀出来一个红拂女。

就在杨素把李靖送出房门后，杨素身边手拿红拂的那个女子追出来问："请问处士怎么称呼？住在哪家店里？"李靖一一回答之后，红拂便飘然而去了。

当天夜里三点多，李靖睡得正熟，忽然听见一阵敲门声。开门一看，只见一个人身着紫衣，头戴风帽，把自己包裹得严严实实。这个人闪进门来，脱了外套，摘了帽子，盈盈下拜道："我就是杨素杨司空身边拿红拂的那个人。我在杨司空身边很久了，也算阅人无数。您是我见过的最有本事的人，我是个女子，有如丝萝，不能独生，我愿意把终身托付给您。"想想看，李靖当时一介布衣，无钱无房无官，无论放在什么年代都算是一个穷途之人。可是，红拂就凭他一个长揖，一席雄谈，马上就认定了他是个英雄，而且，愿意抛弃位高权重的杨素，倾心追随，这不就是"美人巨眼识穷途"吗！可能有的读者朋友会说，这样的事，卓文君也可以做到呀！没错，司马相如见卓文君的

---

① 高阳酒徒指的是郦食其，他是陈留高阳人。

② 刘邦是江苏北部沛县的人，人们都称呼他为沛公。李白为什么说他是山东隆准公呢？因为，秦朝建都在咸阳，在崤（xiáo）山的西边，当时其他六国都在崤山的东面，所以凡是崤山以东的地方就被叫作山东。刘邦起兵去抗秦，是在崤山东边起兵的，所以是"山东"。因此，诗里的"山东"并不是我们如今的山东省，而是崤山之东的意思。至于隆准，《史记·高祖本纪》记载"高祖为人，隆准而龙颜"，说刘邦长相是隆准龙颜，隆准是高鼻梁的意思，龙颜是说他有帝王之相。

时候，也是一个穷小子，可是，他毕竟有鲜衣怒马加持，还有当地县令背书，换句话说，他是伪装成一个贵公子，处心积虑去琴挑卓文君；而李靖却是真正的一无所有，而且，他事先并不知道红拂的存在，因此也志不在此。而红拂呢？偏偏既不在意外界的加持，也不在意李靖的无视，她只凭一个长揖的自尊，一席雄谈的风采，就认定李靖是个英雄，这才真叫"美人巨眼识穷途"，这是一个差别。还有一个差别更重要。卓文君私奔，挑战的只是自己的老爸，就算被抓回来，最多也只会挨一顿痛骂，再关几天禁闭而已。因此，这有点像青春期的叛逆，虽然刺激，但并不危险。而且，就算她看走眼了，遇人不淑，爱女心切的老爸都能把她捞回来。但是，红拂夜奔完全不一样。她挑战的可是自己的主人，这位主人性情暴躁而又大权在握，一旦失败，赔上的可是身家性命。这样看来，红拂夜奔，风险系数远远大过文君夜奔，颇有点孤注一掷的味道。

　　事实上，这种担心不仅我们有，当事人李靖更有。他问红拂："世

李靖与托塔李天王
◇

　　李靖是唐初名将，为唐朝立下赫赫战功，最终受封卫国公，在唐太宗时就名列凌烟阁二十四功臣，中唐以后进入国家祀典，享受祭祀。

　　后来，随着祭祀活动的开展，他的形象越来越被神化，和佛教的毗沙门天王逐步融合，成了我们在《西游记》中熟知的托塔李天王。

上没有不透风的墙，如果杨司空追来，怎么办？"这时候，红拂坦然说道："彼尸居余气，不足畏也。诸妓知其无成，去者甚众矣。彼亦不甚逐也，计之详矣。幸无疑焉。"什么叫"尸居余气"？其实就是只剩一口气的活死人。这个成语最早说的是装病的司马懿，现在，红拂用到杨素身上了。杨素是个暮气沉沉的人，很多家妓都逃跑了，也没见他怎么追，我已经观察很久，也筹划很久了，你放心吧。仔细想来，这段话甚至比此前说要跟李靖私奔的那段话更厉害。厉害在哪里？在慧眼慧心。先说慧眼。红拂的慧眼，可不光能看透李靖，她也能看透杨素。杨素是什么人？表面上看是一人之下，万人之上，赫赫扬扬，威风八面。连英雄如李靖，不也还把希望寄托在他身上吗？可是，红拂给他的评价只有四个字——尸居余气。她是怎么看出来的呢？她就看自己身边的小事情。之前别的家妓逃跑，杨素都没怎么用心去追。这是不是事实呢？还真是这样。大家可能都听说过破镜重圆的故事。陈朝的乐昌公主在亡国之前预感到了日后的悲剧，就跟丈夫徐德言商量，打破一面铜镜，两人各执一半，日后凭镜子相互寻找。后来，陈朝果然灭亡，乐昌公主成了杨素的小妾，过了几年，她的前夫徐德言到长安的市场上卖一面破镜子，这面破镜子跟乐昌公主手里那块刚好吻合。杨素听说了这件事，大发慈悲，放了乐昌公主，让他们夫妻团圆。这就是著名的"破镜重圆[①]"。我们今天看这个故事，大多都赞赏杨素的仁慈和慷慨，但是，红拂看到的，很可能是更加幽微的人心。

---

① 出自唐朝孟启的《本事诗·情感》。

陈树人等 《花卉》◎

杨素这样做，也许并不仅仅是出于慷慨，而是因为他懒得管。他为什么懒得管呢？是因为他已经暮气沉沉，对什么都不在意了！他看不到美好，也不珍惜美好，这才是红拂离开他的最重要原因。

那为什么又说红拂有慧心呢？她知道什么最能打动李靖。她知道李靖此时是在寻找一个明主。如果李靖认为杨素是明主，肯定不会跟他的家妓私奔。所以，她点出杨素"尸居余气"的特性，其实是在提醒李靖，杨素早已没有了进取心，你根本就不应该指望他！她的判断对不对呢？李靖观察了好几天，果然，杨素虽然也虚张声势地寻找红拂，但是并不用心；而且，他的献策也没了下文，杨素并没有再搭理他。这样一来，李靖终于认可了红拂对杨素的判断，也认可了红拂这个红颜知己。既然如此，长安城自然是不能留了，到哪里去呢？两个人一商量，到太原去！当时的太原留守是李渊，此人气局宏伟，能容天下英雄，既然如此，何不投奔太原，在他手下成就一番事业呢！大家意识到没有？就是从这一刻开始，李靖和红拂一起改换方向，从保隋到反隋了！这就是诗中的后两句："尸居余气杨公幕，岂得羁縻女丈夫！"确实，隋朝已经衰败，杨素也垂垂老矣，他们设定的狭小天地，岂能羁縻住红拂这样的巨眼英豪、女中丈夫！

诗写到这里就结束了，"美人择夫"这个步骤也完成了，可是，红拂的故事并没有完。事实上，红拂的巨眼，不仅仅能给自己找一个英雄的丈夫，还能给自己和丈夫找一个豪杰的朋友。

李靖和红拂不是往太原走吗？长路漫漫，肯定要住店。有一天向晚，两个人又投了一家旅店。旅店中间生着炉子，旁边放着胡床。

李靖吩咐店小二煮上肉，自己就出去刷马，红拂则站在胡床边梳头。她的头发特别长，一直垂到脚面。这意味着什么？意味着她是一个美人。美人的标准，各个时代都有所不同，但是，在中国古代，有一个标准特别固定，那就是一头又厚又密的长发。比如，东汉明帝的马皇后，梳了四个高髻之后，头发还有富余，还能绕着高髻再盘三圈，这就是能载入史册的美丽。再比如，陈后主陈叔宝的宠妃张丽华，也是因为"发长七尺，光可鉴物"，被陈后主当成了宝贝。此刻，红拂站在胡床旁边梳头，在古代是一种比较大胆张扬的行为。果然，有人上钩了。谁呢？此人没有名字，但是面貌特征特别明显——一把大胡子是赤红色的，而且还弯弯曲曲，一看就不是中原人，所以小说中就管他叫"虬髯客"。虬髯客骑着一头瘦驴刚进店，看见红拂梳头，他就把一个皮囊往炉子边一扔，斜倚在胡床上，瞪着一双大眼，看了起来。中国古代讲究"男女授受不亲"，一个大男人这样盯着看一位女眷，是非常不礼貌的行为。李靖眼角的余光扫到这一幕，马上怒从心头起，就要进门干涉。可是，红拂一边大大方方地也回视虬髯客，一边做了一个手势，让李靖别管。打量了几眼之后，红拂梳好头发，轻轻巧巧走到虬髯客面前，问道："先生尊姓？"虬髯客说："姓张。"红拂一听，马上欢喜地说："太巧了，我也姓张，那我算是妹妹了。"说完就俯下身去，拜见哥哥。拜完再问："哥哥排行第几？"虬髯客说："排行第三。妹妹你呢？"红拂说："我是老大。"虬髯客笑道："那我就叫你一妹了。今日幸会一妹。"这时候，红拂才对门外的李靖招手说："李郎，快来拜见三哥。"李靖也依言进来拜见。大家怎么看待红拂这一系列操作呢？这就叫"姜太公钓鱼，愿者上钩"。别看红拂出身相府，却天生带着江湖儿女的气息，她知道，所谓行走江湖，行走的就是朋友。什么样的人才是朋友呢？红拂此刻要的不是老成君子，而是风尘豪杰。滚滚风尘之中，到底谁是豪杰呢？她一试便知。像她这样的青年女子，若是没点手段，怎敢在旅店公然梳头？一般客人看见这样的女子，肯定唯恐避之不及。但是，虬髯客胆敢盯着她看，这就是有胆子。可是，光胆子大还不够，两个人三言两语之后，虬髯客能够顺坡下驴，跟她结为兄妹，可见他还有见识。一个既有胆量，又有见识的人，那不就是英雄吗！是英雄就应该惺惺相惜，此刻自己和李靖势单力孤，为什么不多结交几个英雄呢！

就这样，三个人团团围坐在火炉边。虬髯客问："锅里煮的什么肉？"李靖说："羊肉。估计也该熟了。"虬髯客毫不客气地说："正好我也饿了。"李靖就买来胡饼，三个人一起大嚼起来。吃着吃着，虬髯客又问李靖："你这么一个贫士，有什么本事，怎么就能得到我一妹这么一个绝代佳人呢？"李靖也不以为忤，随即就把自己怎么去见杨素红拂怎么夜奔，两个人怎么决定投奔太原，都跟虬髯客说了一遍。

听他们说完，虬髯客又说："我想喝酒。"李靖马上出去买了一斗酒。酒过一巡，虬髯客说道："有个人乃是天下负心之人！我找了他十年，终于杀了他，从此也就没有什么遗憾了。"

不知道大家意识到没有？事情发展到这一步，这三个人的关系已经发生了本质性变化，虬髯客分享了李靖和红拂的秘密，李靖和红拂也分享了虬髯客的秘密，三个人都是豪侠之士，又都为社会所不容，但是，他们彼此倒是成了过命的兄弟。就这样，一个新的组合，所谓"风尘三侠"就横空出世了。这其实就是红拂的第二次亮相，叫"英雄择友"。想想看，这风尘三侠的发动者是谁？当然是红拂，没有红拂夜奔，也就没有李靖出走太原；没有红拂和李靖出走太原，也就没有和虬髯客的奇遇。这风尘三侠的黏合剂是谁？其实还是红拂。李靖是红拂的丈夫，虬髯客是红拂的义兄。李靖和虬髯客是因为红拂的关系，才成了好兄弟。所以，这三个人组团出道，红拂绝对应该站 C 位。

凌烟阁二十四功臣

汉宣帝时期，将霍光、苏武等大臣的画像悬挂在麒麟阁，对肱骨大臣进行精神层次的表彰，开启了中国历史"图画功臣"的先河。

唐太宗时，仿效这一方式，命当时的书画国手阎立本画下长孙无忌、房玄龄、魏徵、李靖等二十四位功臣的画像悬挂在凌烟阁中，这二十四位功臣被合称为"凌烟阁二十四功臣"，其中还包括最后成了门神的秦叔宝和尉迟恭。

后来，麒麟阁、凌烟阁成为功名和荣誉的象征，白居易、杜甫、李白、高适等不少唐代大诗人的笔下都会出现这一意象。李贺在《南园十三首》中激昂地写道："男儿何不带吴钩，收取关山五十州。请君暂上凌烟阁，若个书生万户侯。"好男儿就应该手持利剑，去收复河山，建立功勋。将自己的画像悬挂在凌烟阁上，封王拜侯。

后来呢？后来，风尘三侠就到了太原，见到了太原留守李渊的二儿子李世民。虬髯客觉得，李世民才是"真命天子"，随即把全部家财都赠给李靖、红拂夫妇，嘱咐李靖好好辅佐李世民，自己则飘然而去，十几年后，在海外打下一片江山，成了扶余国的皇帝。那李靖和红拂结局如何呢？了解唐史的人都知道，李靖不仅帮唐太宗统一天下，还北灭东突厥，西破吐谷（yù）浑①，为大唐王朝立下赫赫战功。活着的时候，他是"凌烟阁二十四功臣"之一；死后，他陪葬唐太宗昭陵，可以说是生荣死哀。把这两个人的结局都交代清楚了，大家一定会关心，红拂呢？红拂的结局，应该就是李靖的夫人吧。在正史中，有关李靖妻子的记载只有一句话：（贞观）十四年，靖妻卒，有诏坟茔（yíng）制度，依汉卫、霍故事。什么意思呢？她去世的时候，李靖还活着，所以，唐太宗特地下诏说，所有的坟茔制度，都按照西汉卫青、霍去病的规格来对待，等待李靖日后合葬。这算是一种特殊优待。如果史书中这位"靖妻"真的就是小说中的"红拂"，那么，她的结局就是一位将军夫人。当初，红拂对李靖说："丝萝不能独生，愿托乔木②。"能够夫贵妻荣，已经是古代女子的最好结局。当然，这个结局跟此前光彩照人的"美人择夫""英雄择友"相比，无论如何都是暗淡了。

可能读者朋友会说，果然，无论是否有本事，女子还是被忽视，被辜负了。是不是呢？确实如此，这就是中国古代的特性。木兰再有战功，

---

① 古代少数民族之一，主要居住在今天的青海北部，新疆东南部。

② 菟丝、女萝均为蔓生植物，不能自己独自存在，而是需要缠绕在树木之上。红拂的意思是我就像丝萝一样，我愿意把自己的一生托付给李靖你这棵大树。

也只能"愿驰千里足，送儿还故乡"，同样，红拂再有慧眼，也只能是识英雄，而无法做英雄。这种禁锢，确实让今天的独立女性心有不甘。但是，尽管如此，我们还是由衷地欣赏红拂。欣赏她什么呢？我觉得，我们今天看红拂的心情，跟古代那些渴求明君，渴求伯乐，渴求美人青目的文人又不大一样，我们由衷地欣赏一个"飒"字。什么叫"飒"呢？飒固然是一种潇洒的容貌，但更是一种洒脱的姿态：放得下，见得明，做得到。这样的姿态，在当年叫风尘侠女，在今天叫独立女性。这样的女性，不会真的是丝萝，她们站在历史的任何一个节点上，都是一株木棉，永远以树的形象，和另一棵大树遥遥相对，而又紧紧相依。

【思考历史】

◆ 阅读唐传奇中比较有代表性的《虬髯客传》《南柯太守传》等作品，它们在语言、人物塑造和故事架构上有什么特点呢？和现代的优秀小说相比，它们有哪些优点、哪些缺点？

◆ 思考一下，为什么帝王要绘制"凌烟阁二十四功臣"，能起到什么作用？

萧俊贤　《青绿山水图》　◎

大唐盛世的一个得意之笔，就是"四夷宾服，万邦来朝"。我们今天自然不必再去迷恋当年的朝贡①体制和帝国心态，但是，和更多的民族友好交往，和更多的地域建立联系，无疑是中华民族历史上值得称道的盛事。文成公主就是这盛事的践行者，她所参与的那件历史大事，是与吐蕃（bō）②赞普③松赞干（gān）布和亲。文成公主跟松赞干布的和亲故事，在中国可谓家喻户晓；有关和亲，我们也写过王昭君的故事。那么，在文成公主和亲这个事情上，还有哪些问题要和大家分享呢？我思考的，其实是三个话题：

第一，文成公主和亲，到底是被迫求和还是战略布局？

第二，文成公主在吐蕃的地位到底是高还是低？

---

① 古时诸侯、属国或外国使臣入朝，来拜见天子、进献礼物。

② 唐时藏族建立的政权。公元 7 世纪初，吐蕃松赞干布统一青藏高原，建立了政权，定都逻些，即今天的拉萨。9 世纪中叶吐蕃政权瓦解。

③ 吐蕃帝王的称号，是音译，在吐蕃，强雄是"赞"，大丈夫是"普"，合称为"赞普"。

第三，文成公主和亲的意义到底有多大？

先说第一个话题，文成公主和亲，是求和还是布局？很多人一听"和亲"这两个字，马上就血脉偾（fèn）张，觉得肯定是朝廷不行，才不得不送一个弱女子屈辱求和。其实，不光是现代人这么想，中国古代也有类似的看法。比如，唐朝武则天时期的大臣东方虬，曾经写过一首《昭君怨》："汉道初全盛，朝廷足武臣。何须薄命妾，辛苦远和亲。"什么意思呢？汉朝正是太平盛世，朝廷里多的是赳赳武臣。何必派我这么一个薄命的女子，去那么远的地方辛苦和亲。很明显，在这首诗里，薄命妾对应的是武臣，讽刺的也是武臣。正因为武臣不给力，薄命女子才不得不辛苦和亲。唐朝人习惯以汉比唐，东方虬的这首诗，虽然说的是汉朝的昭君出塞，但话里话外，未必没有包含对本朝和亲政策的否定。

那么，文成公主和亲，到底是不是因为武臣不力，打不过吐蕃呢？这就涉及我们对大唐和吐蕃之间的第一场战争——松州之战的理解了。所谓松州，就是现在四川的松潘。双方曾经在那里打过一仗，正是这一仗直接促成了唐蕃和亲。

松州之战又是怎样打起来的呢？大家知道，吐蕃是建立在青藏高原上的一个政权。青藏高原的自然条件比较差，所以在很漫长的历史时期，人口数量很少，发展也缓慢，并没有形成国家。直到松赞干布横空出世，一举统一了青藏高原，这才建立了吐蕃王朝。吐蕃王朝建立之后向东扩张，很快就知道东方有一个很强盛的大唐王朝。当时，跟吐蕃打过交道的吐谷浑、突厥都跟唐朝和亲，吐蕃有样学样，也想跟唐朝和亲，这样，它跟周边民族打交道才更有底气。于是，贞观十年（636），松赞干布派使者到长安，向唐太宗提出和亲的请求。可是，这个请求马上就被唐太宗否决了。为什么呢？最主要的原因其实是唐朝不大瞧得上吐蕃王朝。要知道，就在这之前两年，唐朝已经派使臣出使过吐蕃了，带回来的信息是，吐蕃王朝刚刚建立没几年，特别偏远，生产也很落后。这就好比一个穷小子忽然派人到家里来，张口就要娶家里的姑娘，唐太宗怎么可能答应呢？当然拒绝了吐蕃使者的请求。

吐蕃被拒绝之后，并没有直接跟唐朝叫板，而是迁怒于地处唐蕃之间的一个叫吐谷浑的政权了。吐谷浑大体上活跃在今天的青海省，本来就挡在吐蕃向东扩张的道路上，是吐蕃极想吃掉的地盘，求婚失败后，吐蕃就找借口说，唐朝拒婚是因为吐谷浑离间，派兵大举进攻吐谷浑，而且打了大胜仗。有了这次胜利，吐蕃底气很足，干脆进一步屯兵唐朝的松州城下，声称要迎娶公主，如果唐朝不给，就要攻打松州。在这种情况下，唐朝到底会不会许嫁公主？当然不会。吐蕃也就真的开始进攻松州。最初，松州因为守备不足，让吐蕃占了便宜。但是很快，唐朝就派出四路大军一共五万人增援松州，斩首了一千多吐蕃士兵。双方这样一交手，松赞干布算是领教了唐军的厉害，赶紧退兵，遣使谢罪。所以，松州战役，唐朝是打赢了。行文至此，读者朋友们肯定会想，既然吐蕃输了，自然就不敢再来求婚；唐朝赢了，当然就无须派公主和亲了吧？

事实恰恰相反。就在这次战役之后，松赞干布又派出使臣到长安，再次恳请跟唐朝和亲。而唐太宗呢？这一次倒是痛痛快快地答应了。为什么呀？这就是政治家的眼界和心胸了。所谓不打不相识，松州一战，双方都认识到了对方的实力。吐蕃越是看好大唐，就越需要借助通婚来赢得威信；而唐朝呢，当时的战略重点在西北而不在西南，也愿意通过联姻的方式稳定吐蕃。既然双方都有实力，掰手腕肯定会疼，因此不如握手言和，让双方都实现利益最大化。这才是文成公主和亲的真谛。

事实上，不仅文成公主和亲不是被迫求和，中国古代大多数公主和亲，无论是汉朝的昭君出塞，还是清朝的和藩蒙古，都不是屈辱求和。为什么呢？因为需要和亲，恰恰说明任何一方都没有能力直接用武力解决问题，如果哪一方具有碾压性优势，那还有什么必要和亲，直接打不就行了！所以，文成公主和亲其实是一种战略布局，这个战略的核心就是以最小的代价换取最大的国家利益。文成公主当时只有十几岁，作为那个"代价"远嫁异域，当然令人同情，但是，唐太宗说了："朕为苍生父母，苟可利之，岂惜一女！"[1]中国古代家国一体，文成公主虽然不是唐太宗的亲生女儿，但是，作为皇族的女儿，为国家做出牺牲，也算是一种高贵的履职吧。

再看第二个问题，文成公主在吐蕃的地位是高还是低呢？这个问题本来不是问题，我们从小学习历史，都会看到松赞干布和文成公主并肩而坐的雕像，藏族人民至今还仍然认为文成公主是观音菩萨的化身，是大慈大悲的绿度母，这本身都证明了文成公主的崇高地位。但是近些年来，总有人说，文成公主不是松赞干布的第一任妻子，只

---

[1] 朕是天下苍生的父母，如果和亲有利于天下苍生，我怎能吝惜皇族的女儿。

能算是松赞干布的妾。还有人说，泥婆罗的尺尊公主地位在文成公主之上。这又是怎么回事呢？

首先，文成公主是不是松赞干布的首任妻子？确实不是。松赞干布自从十三岁当上赞普后，就不断结婚，目前留下记录的妻子就有五位之多。文成公主嫁给松赞干布的时候，松赞干布已经二十四岁了，所以，从时间顺序上讲，文成公主确实不是松赞干布的第一任妻子，甚至有可能是最后一任妻子。问题是，这是不是就意味着文成公主地位低呢？当然不是。松赞干布联姻，完全是为了政治结盟。松赞干布出身于山南地区，那里也算是吐蕃王室的老家。但是，他的第一任王妃并非同乡，而是来自北边的拉萨，第二任王妃来自更北边的阿里，这两个地区都是吐蕃最早的扩张方向，把这两个地区纳入统治范围，再加上原有的山南地区，吐蕃王朝才有了基本盘。松赞干布的第三任王妃来自党项，活动范围在今天的川西；第四任王妃来自泥婆罗，也就是今天的尼泊尔。这两个地方，恰恰也是吐蕃的重点扩张方向，后来都成了吐蕃的藩属。第五位王妃就是文成公主，文成公主出身于大唐王朝，大唐既不是吐蕃的本部，更不是吐蕃的藩属，而是吐蕃最重要的"敌国"，和吐蕃地位对等，而政治影响力更强，既然如此，文成公主的地位，又怎么可能低于其他王妃呢？事实上，吐蕃当时根本就没有中原王朝那样的嫡庶制度①，这五位王妃大体属于并列关系，

---

① 正妻生的为嫡子，妾室生的为庶子，嫡庶制度是正妻和妾室之间，嫡子和庶子之间，身份地位悬殊有别的制度。

但是，根据汉藏两族史料的记载，文成公主无论是在生前待遇还是在死后礼仪，都是最高等级，这也恰如其分地反映出了她母国的地位。

其次，泥婆罗的尺尊公主又是怎么回事呢？这位尺尊公主，其实就是我们上文提到过的第四任王妃。现在好多西藏寺院都供奉着她和松赞干布以及文成公主三人并肩而坐的塑像。有人因此说，尺尊公主的地位在文成公主之上。是不是呢？其实也不是。除了我们刚才分析的母国出身之外，还有一个更重要的理由：这位尺尊公主在历史上是否真实存在，还是存疑的。因为现在所有关于尺尊公主的史料，都出现在十四世纪之后，这距离他们生活的七世纪，已经过去了整整六百年。想想看，六百年之中，无论是汉文史料、藏文史料还是泥婆罗史料，通通没有提到尺尊公主，是不是很令人怀疑？就算汉文史料为了凸显文成公主的地位，故意隐去了尺尊公主的痕迹，吐蕃史料为什么会遗漏如此重要的王妃呢？再退一步，就算是吐蕃史料不小心遗漏了，她的母国泥婆罗后来成了吐蕃的藩属国，如果真有一个女儿嫁给了松赞干布，应该是很荣耀的事情，为什么也没留下只言片语呢？当然，肯定有读者朋友会疑惑，既然如此，为什么几百年之后，又出现了那么多关于尺尊公主的史料呢？我想，最主要的原因可能是藏传佛教的兴起。大家知道，松赞干布和文成公主生活的那个年代，虽然佛教已经传入吐蕃，但是吐蕃最有势力的宗教还是苯教[①]。此后，佛教在青藏高原的发展历经磨难，一度都没了踪迹。直到十世纪之后才

---

① 苯教是佛教传入西藏之前流行于藏区的宗教。

又重新传入，此后越来越盛，逐渐成为青藏高原最有影响力的宗教。想来，大概就是在佛教日渐强盛的背景下，人们才创造出这样一位来自佛教故乡①的公主。如果真是这样，那么，拿她去和真实存在的文成公主比较，不就没有意义了吗？当然，在藏族人民的信仰中，文成公主是绿度母，尺尊公主是白度母，她们都被认为是观音菩萨的化身，享受着崇高的尊重。但是，信仰归信仰，历史归历史，如果单从历史的角度看，文成公主在吐蕃的地位绝对不容置疑，无人可以挑战。

再看第三个问题，文成公主和亲的意义到底有多大？这就涉及如何看待和亲的意义了。当年，汉高祖刘邦的谋臣娄（lóu）敬劝刘邦跟匈奴的冒顿单于和亲，曾经给出过一个很有诱惑力的理由。他说："冒顿在，固为子婿，死，外孙为单于。岂曾闻孙敢与大父亢礼哉！"什么意思呢？既然和亲了，匈奴的首领就成了汉家的女婿，就算日后女婿死了，接班的也是咱们的外孙子，哪有外孙子敢跟姥爷打仗的道理呢！这个想法，其实不光是汉朝有，唐朝也有。那么，文成公主和亲之后，是不是唐和吐蕃就不打仗了呢？当然不是。有人统计过，文成公主和亲之后，唐蕃之间大大小小的战争又有一百七十多次。很明显，如果仅仅从打不打仗这个角度来考虑和亲，那么，和亲肯定是用处不大的。

问题是，和亲最重要的意义是不是不打仗呢？其实并不是。它

---

① 佛教的创始人释迦牟尼出生于北印度的迦比罗卫国，也就是今天的尼泊尔内部边境地区。所以说尼泊尔是佛教的故乡。

最真实的作用有两个，一个是合法派驻一个外交使团，另一个则是在双方之间建立一种长久的亲缘纽带。就拿文成公主来说吧，她和亲可不是一个人去的，而是带上了官员、婢女、乐工、工匠等好几百人，这些人就成了常驻吐蕃的外交使团。他们会了解吐蕃的动态，代表唐朝跟吐蕃交涉，还会以公主的名义写信回母国，提供两国交往的建议和意见。如今，文成公主的往来信件都没有保存下来，但是后来，唐中宗不是又派金城公主跟吐蕃和亲吗？金城公主写给唐玄宗的信还保留下来若干封，引用其中一段，大家就明白是怎么回事了。"往者，皇帝兄不许亲署誓文，奴奴降番，事缘和好，今乃骚动，实将不安和。矜怜奴奴远在他国，皇帝兄亲署誓文，亦非常事，即得两国久长安稳，伏惟念之。"什么意思呢？金城公主管唐玄宗叫"皇帝兄"，就是皇帝哥哥，自称为"奴奴"，也就是我们在戏文里常看到的"奴家"。

文成公主的嫁妆

据记载，文成公主出嫁，带去了数百部经史典籍，诸多食物的烹调方法，工艺技法，医书以及数百个药方，衣服，饰品，各种珍宝，种子，以及诸多随从等。文成公主进藏后，松赞干布还向唐朝提出请求，希望能得到蚕种，以及造酒、碾、硙、纸、墨相关的工匠。正是因为和亲，唐朝的文化艺术、科学技术、医药等，进入藏地，直接改变了藏族地区人民的生活。

她说,过去皇帝哥哥不肯亲自签署两国友好的誓文。可是,奴奴我和亲,本来就是为了双方和好。现在两国交兵,我实在不安。还请皇帝哥哥看在奴奴的面子上,就签署了吧!这不就是在发挥外交官的作用吗?

再说亲缘纽带。因为有了文成公主和亲,唐朝和吐蕃就形成了舅甥关系。岳父和女婿当然还是会为各自的利益去较量,乃至兵戎相见,但是,只要有和亲关系在,双方就有了一个沟通的渠道,也有了一个缓和的理由。例如,唐玄宗的时候,每次唐朝想要跟吐蕃沟通,就会声称去探望金城公主,顺便跟吐蕃谈判,而吐蕃这边呢?如果想要改善关系,也会请求金城公主写信,表明友好的愿望。其实,我刚才引用的那封信,不就是吐蕃的停战请求吗?一直到长庆元年(821),唐朝跟吐蕃最后一次会盟,双方还是要在碑文中写上:"大唐文武孝德皇帝与大蕃圣神赞普,舅甥二主商议,社稷如一,结立大和盟约,永无沦替,神人俱以证知。"什么意思呢?经唐穆宗和吐蕃赞普这舅甥二主商议,双方订立和平盟约,永不改变,神人共同做证。这就是现在还矗立在拉萨大昭寺①前面的唐蕃会盟碑。想想看,到长庆元年,距离文成公主和亲已经过去了将近二百年,但是,只要有了当年那次和亲,舅甥的名分就会保持下来,双方的关系也就有了亲缘依托,这可是一种最长久的纽带。

其实,再往深究,这两个意义也还在其次,更重要的意义是和

---

① 建于公元 7 世纪,在西藏拉萨市中心。寺内供奉有文成公主带去的觉卧佛像。两侧配殿供奉有吐蕃赞普松赞干布和文成公主、尺尊公主等人的塑像。

亲带来的文化交往。文成公主除了带去大批随从，还带了好多物件。比如图书、佛像、种子、药品等等，这些都是中原文化的成果，带到吐蕃之后，当然会影响到吐蕃原有的生活方式。任何文化的交流都是双向的，唐朝影响吐蕃，吐蕃也就会影响唐朝。据说，文成公主刚刚到吐蕃的时候，不喜欢吐蕃人赭（zhě）面（用化妆品把脸涂红）的习俗，松赞干布还因此下令，让吐蕃人不许赭面。可是，到了唐后期，唐朝人居然把赭面当成了时尚。白居易①写过一首《时世妆》，诗中说："圆鬟（huán）无鬓（bìn）堆髻（jì）样，斜红不晕赭面状。"唐朝的姑娘们都不再把腮红晕开，而是红红的一片，模仿赭面的样子，这不就是吐蕃文化又反过来影响了唐朝吗？

唐朝后期，有一位诗人叫陈陶，写过四首《陇西行》，其中第四首是这样写的："黠虏生擒未有涯，黑山营阵识龙蛇。自从贵主和亲后，一半胡风似汉家。"什么意思呢？大唐跟吐蕃龙争虎斗，想要一战解决问题是不可能了。可是，自从文成公主和亲以后，吐蕃的风气已经越来越像汉家。很明显，陈陶不相信战争，但他相信春风化雨的浸润。这样的浸润，我们今天仍然相信，甚至是坚信。以女性的柔弱之手，拉起两个当时最为强悍的政权，并且把他们紧紧地挽在一起，千百年也不再分开，这才是文成公主最重要的历史贡献，能够有这样的作为，文成公主当然不朽。

---

① 白居易，唐代诗人，字乐天，号香山居士，文学上积极倡导新乐府运动，与元稹齐名，并称"元白"。

【思考历史】

◇ 了解松赞干布的一生，你认为他是怎样的帝王？

◇ 了解一下，并说一说文成公主为大唐和吐蕃之间的文化交流做出了哪些贡献。

◇ 了解金城公主的故事，说一说你对和亲公主的看法。

清 杨大章 《白鹰》 ◎

武则天

◇

大唐王朝富有魅力的重要原因之一，就是捧出了一代女皇武则天。这位中国历史上独一无二的女皇帝，本身就是大唐王朝开放、包容、积极进取的最好代言人。

武则天的人生是一部大戏，古往今来的研究文章浩如烟海，我自己也曾经在《百家讲坛》开过三十二讲的讲座，还专门写过一本《蒙曼说唐——武则天》。如此伟大而丰富的人生当然可以从无数个角度梳理，本文所选取的观测角度是诗文，我要与大家分享跟她的一生密切相关的三个唐诗故事。

第一，武媚娘诗挑唐高宗。

第二，武皇帝写诗催花开。

第三，龙门赋诗夺锦袍。

先看第一个故事，武媚娘诗挑唐高宗。这件事发生的时间，是武则天的第一任丈夫唐太宗去世之后，她的第二任丈夫唐高宗把她接回后宫之前。发生的地点，则是在当时的皇家寺院感业寺。这件事发生的时候，武则天的身份既不是唐太宗的武才人[1]，也不是唐高宗的武皇后[2]，更不是后来那个君临天下的武皇帝，她当时的身份就是感业寺的一个青年尼姑。我们现在见到尼姑，往往尊称一声师父或者师太，可是，武则天当时的所作所为却不怎么合乎师太的身份，因此，倒不如沿用唐太宗给她起的名字，叫她武媚娘了[3]。武媚娘诗挑唐高宗用的是哪一首诗呢？武媚娘是个有本事的人，才不肯拾人牙慧，她自己创作了一首诗，叫《如意娘》[4]。诗云：

kàn zhū chéng bì sī fēn fēn qiáo cuì zhī lí wèi yì jūn bú xìn bǐ lái cháng xià
看朱成碧思纷纷，憔悴支离为忆君。不信比来长下

lèi kāi xiāng yàn qǔ shí liú qún
泪，开箱验取石榴裙。

什么意思呢？先看第一句"看朱成碧思纷纷"。所谓看朱成碧，就是把红的看成绿的。问题是，红和绿这两种颜色差别太大了，除非是红绿色盲，否则几乎不可能发生这样的误会。既然如此，武则天为

---

① 据《新唐书》记载，武则天十四岁时，被选入唐太宗的后宫做才人。所以，她也被称为武才人。

② 唐高宗李治将武则天从感业寺召回宫中后，将她封为昭仪，后晋升为宸妃。永徽六年(655)，高宗废黜皇后，改立武则天为皇后。

③ 武则天进宫后，唐太宗见她妩媚动人，便赐名武媚，于是民间有了武媚娘的叫法。至于"则天"二字，则是她尊号"则天大圣皇帝"的简称。

④ 被收录在《全唐诗》里。《全唐诗》由清朝康熙时期彭定求等编写，是收录唐代诗歌最完备的总集。共计九百卷，收录了唐、五代诗歌四万九千四百零三首，残句一千五百五十五条，作者二千八百三十七人。

什么要这么写呢？这其实有两方面的意思。第一，表明主人公魂不守舍，也就是诗中所说的"思纷纷"。当年，梁朝的诗人王僧儒就写过"谁知心眼乱，看朱忽成碧"，所谓天下文章一大抄，很明显，武则天这一句"看朱成碧思纷纷"就是从王僧儒这儿借来的。但是，这只是"看朱成碧"的一个意思。看朱成碧还隐含着一个意思，就是青春易逝。李清照的《如梦令》不是说了吗，"知否知否，应是绿肥红瘦[①]"？风雨交加，春光易逝，仿佛只是那么一转眼，却已经是"花褪残红青

感业寺出家 ◆

为什么武则天会出家？因为自北朝以来，帝王去世后，他的妃嫔一般会有三种安置方法。

第一种，育有子女的妃嫔，可以跟着自己的子女到宫外居住，安享晚年。

第二种，没有子女的妃嫔，如果新皇帝认为她们具备特殊才能，对宫中有用，也会把她们留下来。

第三种，大多数没有子女的妃嫔，都会被安排去尼姑庵或者道观出家。

---

① 全文为："昨夜雨疏风骤，浓睡不消残酒。试问卷帘人，却道海棠依旧。知否？知否？应是绿肥红瘦。"意思是，昨夜雨小风急，酣睡一夜酒意还没有消散。问正在卷帘的侍女外面如何，她说海棠花依旧美丽。你可知道，你可知道，应该是绿叶繁茂，红花凋零。

杏小①"了，枝头的红花被绿叶取代，这不也是"看朱成碧"吗？大自然的春光易逝正如美人的青春易逝，眼看着自己韶华逝去，美人怎么可能不"思纷纷"呢？把这两个意思叠加在一起，才是这一句"看朱成碧思纷纷"的真实含义，美人的年华都要老去了，心上人却还不来欣赏，这怎能不让她神魂颠倒，乃至于看朱成碧呢？那么，这个美人究竟为谁魂不守舍呢？这就是第二句"憔悴支离为忆君"。这里的君，就是当时的皇帝唐高宗。唐高宗是唐太宗的儿子，唐太宗晚年卧病的时候，他曾经在父亲身边侍奉，因此和同样侍疾的武才人熟悉了起来，还发展出了一段不伦之恋。此后唐太宗病逝，武才人按照无子妃嫔的惯例被安排到感业寺当尼姑，两个人不仅在身份上天悬地隔，就算在地理空间上也被分隔开了。可是，武媚娘并不甘心面对青灯黄卷了此一生，她天天想着唐高宗，更盼望唐高宗能够想起她来，为此，她已经神魂颠倒，憔悴支离了。这不就是"看朱成碧思纷纷，憔悴支离为忆君"吗？第一句刻画形象，第二句直抒胸臆，走的都是深情路线，接下来呢？

接下来是第三、四句："不信比来长下泪，开箱验取石榴裙。"这两句其实是别开生面，在撒娇了。如果你不信我为了你常常流泪，你就看看我那一袭石榴红裙吧，那上面已经是斑斑点点，洒满泪痕了！当年娥皇、女英是泪洒竹林②，此刻的武媚娘呢，却是泪洒红裙。

---

① 出自苏轼的《蝶恋花》："花褪残红青杏小。燕子飞时，绿水人家绕。枝上柳绵吹又少，天涯何处无芳草！墙里秋千墙外道，墙外行人，墙里佳人笑。笑渐不闻声渐悄，多情却被无情恼。"

② 舜死在苍梧之野后，他的妻子娥皇女英千里寻夫，泪水洒在竹林里，竹叶变得斑驳，被称为斑竹。

竹林的气象是清冷的，石榴红裙却是那么热烈，那么诱惑。你来看呀，你难道看不到我滚烫的心吗？这是撒娇，也是情挑，当了半辈子乖孩子的唐高宗怎么受得了这样热辣辣的诱惑呢？武媚娘写这首诗的结果如何呢？结果大家都知道了，唐高宗很快就把武媚娘重新接回后宫。从此，武媚娘的人生一路开挂，从前朝不得宠的五品才人，一跃成为新朝母仪天下的皇后。可以说，正是这首《如意娘》开启了她的如意之旅。这就是武媚娘诗挑唐高宗。一首诗里，既有明确的战略目标，更有过人的胆略和才情，这种综合素质不正是她一生步步登高的真正理由吗！

再看第二个故事，武皇帝写诗催花开。这件事发生在武周天授二年，也就是 691 年。当时，武则天已经拿掉了两个儿子，顺理成章地改唐为周，当上了皇帝。可是，她这番作为有违儒家伦理道德，因此颇有一些大臣愤愤不平，甚至想要造反。怎么造反呢？根据南宋计有功《唐诗纪事》记载，恰逢腊八节的前一天，有高官向武则天谎报说，上林苑的花开了。隆冬开花，属于祥瑞，他们请武则天第二天去赏花，其实是在那里做了埋伏，想要劫持胁迫武则天。武则天是个多么睿智的政治家啊，她以二圣临朝的方式，辅佐唐高宗二十年，又以皇太后的身份训政六年，此时又当了一年皇帝，早已经是身经百战了，什么大风大浪没见过，她怎么可能看不透大臣们的小把戏呢？问题是，看透之后，怎么处理？武则天既没有当场揭穿，也没有召集大军防护，而是轻轻松松写了一首诗。这首诗的诗题叫作《腊日宣诏幸上苑》，诗云："明朝游上苑，火急报春知。花须连夜发，莫待晓风吹。"

什么意思呢？这其实是一个诗歌版的诏书。这个诏书宣布，腊日，也就是腊八节这一天，她要游幸上林苑，简称为上苑。这个诏书不是颁给任何官员的，而是颁给花神的，让花神赶紧提前做好准备。这就是开头的两句"明朝游上苑，火急报春知"。在这里，春的意思就是司春之神，也就是花神。《红楼梦》里，贾宝玉写《芙蓉女儿诔(lěi)》

武则天的皇位之路

- 十四岁入宫，被唐太宗封为才人。
- 唐太宗驾崩后，被迫感业寺出家为尼。
- 被唐高宗召回，封为昭仪，后被封为宸妃。
- 655年，唐高宗废黜皇后王氏，将武媚娘封为皇后（即武后）。
- 唐高宗因为苦于风疾缠身，便让武后帮他处理前朝事务。两人并称为"二圣"。
- 683年，唐高宗逝世。唐中宗李显继位。
- 684年，武后废黜唐中宗，立豫王李旦为皇帝（即唐睿宗）。
- 690年，武后自称"圣神皇帝"，改国号为"周"，史称"武周"。唐睿宗被降为皇嗣。这一年，武则天已是快七十岁高龄。
- 705年，张柬之等人发动政变，唐中宗复辟，给武后的尊号为"则天大圣皇帝"。
- 同年，武后驾崩，谥号为"大圣则天皇后"。

的时候不是说过吗？一样花有一位神之外还有总花神，这春神其实就是总花神。既然颁布了诏令，肯定是对花神有要求，她的要求是什么呢？看后两句"花须连夜发，莫待晓风吹"。各色花朵必须连夜开放，如果有谁胆敢等第一缕晨风吹起的时候再开花，那就是违反诏令，要受惩罚了！这首诗写得没什么文采，明白如话，但是，真有威风。一般的皇帝给人下命令也就罢了，武则天倒好，直接给神仙下命令。而且，这命令还下得那么不讲情理，又那么不容置疑。别看此刻是隆冬时节，我让你开花你就得开花，而且是当天开花，如果等到第二天早晨再开，我就惩罚你！这管天管地的精神，谁能不敬畏有加呢！

那么，武皇帝写这首诗的效果如何？据说，第二天清晨，武则天率领着文武百官，前呼后拥，威风凛凛地临幸上林苑，果然看见上林苑百花齐放，万紫千红。大臣们都惊掉了下巴，觉得女皇也太厉害了，连上天都听她的，既然如此，自己又何必逆天而行呢？这样一来，不仅那些企图谋反的大臣不敢轻举妄动，还给那些立场摇摆的大臣上了一堂生动的政治课。可能读者朋友会奇怪，这隆冬开花的事情也太神奇了，她到底是怎么做到的呀？我想，如果这件事是真的，那么，武则天肯定用的是隋炀帝当年用过的老办法，就是剪彩为花，也就是在花枝上提前粘了一些假花。然后再大张旗鼓地过去视察，有皇帝在场，她说是真，当然就无人敢说是假，这和赵高当年指鹿为马是一个套路。当然，看到满园的假花盛开，那些企图谋反的大臣也就知道皇帝提前做好了准备，而且知道皇帝这是放他们一马，让他们从此收心，不要再打皇帝的主意。这和曹操灭袁绍之后，烧掉手下私通袁绍的信件是一个道理，属于收揽人心的一种方式。这也正是兵法里所讲的攻心为上，不战而屈人之兵。

当然，日后又有小说家云，当天百花盛开，只有牡丹花不为所动，坚持要按时令开放，武则天一怒之下，一把火烧了牡丹园，这就是洛阳名花焦骨牡丹的来历。如今大家到洛阳旅游，当地导游还会绘声绘色地讲这个故事。抛开焦骨牡丹这样的传说不谈，这件事也罢，这首诗也罢，是不是真的呢？很可能不是。因为这件事只记载在《唐诗纪事》[1]里，在正史里毫无踪迹。但是，话又说回来，文学家们之所以能够替武则天创造出这样霸气的诗句，又给她编造出这样攻心为上的故事，就说明在人们的心中，武则天本来就具有这样管天管地的威风、举重若轻的能力和恩威并施的手段，而且，正因为如此，她才能成为顶天立地的一代女皇。换言之，这首诗也算是民间对她的一种加冕。

再看第三个故事，龙门赋诗夺锦袍。武则天的皇位稳固以后，国家也日趋繁荣，在这种情况下，她也就逐渐收起了一身的杀气，经常搞文化活动了。武则天聚集了不少文士，陪在她身边，随她出游，到处赋诗，还经常组织他们搞赛诗会。有一次，武则天游幸洛阳龙门的香山寺，就在香山寺前，让大臣赋诗记胜，而且事先讲明，诗先成者赐予锦袍。要知道，锦袍可是当时的高级时装，所以，大臣们不仅想讨个彩头，也真想获得这份重赏，于是都热情高涨，跃跃欲试。很快，一个叫东方虬的人写成了，三步两步跑到武则天的御坐前，把诗呈给

---

[1] 南宋计有功撰，记载了一千一百五十个唐代诗人和他们的诗。

武则天。他写的是什么呢？他的标题是《春雪》，诗云："春雪满空来，触处似花开。不知园里树，若个是真梅？"什么意思呢？春雪纷飞，犹如落花。不知道园子里的树上，盛开的到底是梅花，还是雪花？这首诗其实挺不错，把春天那种乍暖还寒，梅花与雪花交相辉映的特性写得生动活泼。武则天一看，觉得挺好，就亲自把锦袍披到了东方虬的身上，群臣自然是一片欢腾。

可是，东方虬披着锦袍，还没坐稳，有个叫宋之问[1]的诗人也写好了，也把诗献给了武则天。武则天一看，这首《龙门应制[2]》不得了。它不是像东方虬那样的五言绝句，而是一首歌行体长诗。全诗一共四十二句，二百八十六个字，体量比东方虬那首长了十好几倍。更重要的是，这首诗文理俱美。美在哪里呢？看最后四句就知道了。"先王定鼎山河固，宝命乘周万物新。吾皇不事瑶池乐，时雨来观农扈（hù）春。"什么意思呢？先王定鼎，山河永固，大周启运，万物维新。我们的皇帝不是为了享乐才来这里看风景的，她冒着春雨来游幸龙门，其实是为了看看农业的情况，她是时刻以百姓之心为心。这是什么？这就是颂圣，也是应制诗最重要的神韵。皇帝带着文士们赋诗，可不单单是为了玩，她还希望文士们能够随时随地捕捉到皇帝的闪光点，替她歌功颂德呢！

---

① 他有名诗"岭外音书断，经冬复历春。近乡情更怯，不敢问来人"，衍生出成语"近乡情怯"，用于指游子好不容易返乡，离家乡越近，心情越不平静，惟恐家乡发生了什么变故。用以形容游子归乡时的复杂心情。
② 应制诗是封建时代官僚们奉皇帝的命令写下的诗。内容多为歌功颂德，少数也会表达对皇帝的期望和劝谏。

如此说来，宋之问真是太擅长领会皇帝的意图了。在他的笔下，本来有点清冷的春雪变成了润物无声的春雨，这春雨不就是皇帝恩泽的写照吗！这样的诗，显然比东方虬的《春雪》立意高明了不少。

问题是，锦袍已经给东方虬了，怎么办呢？难道就因为这一两分钟的差距，就让宋之问屈居第二吗？这可不是武则天的风格。只见武则天从御坐上走下来，施施然走到东方虬身旁，一把就把他身上的锦袍揪了下来，披到了宋之问身上，群臣一看这场面，又是一片沸腾。皇帝确实老了，可是，她的精神还多么活泼，多么年轻啊，这样的皇帝谁会不喜欢呢！大家怎么看待这个故事呢？这其实就是武则天统治的另一面了。如果说"武媚娘诗挑唐高宗"反映的是武则天青年时代的风情，"武皇帝写诗催花开"反映的是武则天壮年时期的威风，那么，"龙门赋诗夺锦袍"反映的就是武则天晚年的风雅了。这三个特性综合到一起，恰恰就是武则天的过人之处。她不乏风情，这才能让她得到唐高宗的爱情，进而走出感业寺，走出青灯黄卷的既定命运，这是她人生的第一次飞跃。她不乏威风，这才能让她赢得群臣的敬畏，在严酷的政治环境下雄飞高举，君临天下，这是她人生的第二次飞跃。她也不乏风雅，这才能让她赢得文人的赞赏，也赢得文化保护者的身份①。正是在她的倡导之下，唐朝形成了"五尺童子，耻不言文墨"

---

① 隋朝与唐朝早期，虽然也施行科举制，但科举并非人们入仕的主要途径。武则天改革了科举制度，大力倡导以诗赋取士，打击文武合一、经学传家的世族门阀，让科举的机会向平民百姓倾斜。她将科举分为文举和武举，并开创了殿试，通过科举吸纳和重用寒门文人，因此获得了广大文人的赞赏。

的风气，我们由衷喜欢的唐诗，也正是在这样的风气之中成长、成熟的。能给中国文化留下这么美丽的一笔，这不也可以算作她人生的又一次飞跃吗！

所以，请大家更立体地看待武则天，也更立体地看待中国古代的政治女强人。这些人可能既不是古人所贬低的"牝鸡之晨，惟家之索"，也不是近代人拔高的妇女解放先驱，她们其实更像是经过生活层层打磨的钻石，每打磨出一个立面，就展现出一个立面的光芒，所有的柔光与强光汇聚到一起，才成就了她们夺人眼目的璀璨光华。

【思考历史】

◇ 古代女子登上帝位难如登天，去看一看武则天登上帝位的过程里做了哪些政治动作，如何与朝堂不同势力进行对抗和周旋。想一想，她为什么需要那么多祥瑞？

◇ 神龙政变之后，武则天退位。想一想，她为什么选择把江山还给李唐，而不是拼个鱼死网破？

宋 赵伯驹 《春山图》 ◎

太平公主

武则天是个开天辟地的人物。有了她率先垂范，唐代的宫廷女性开始前仆后继地追逐最高权力。她们的奋斗和挫折，共同构筑了一个华丽而又血腥的红妆时代。武则天的女儿太平公主就是这个红妆时代的核心人物，也是中国历史上最有权势的公主。

中国古代公主数量众多，为什么说太平公主最有权势呢？有两个因素至关重要。一个是出身高贵，一个是能量巨大。先说出身高贵。中国古代的公主一般得符合一个条件，那就是父亲是皇帝。当然，一般来说，也会有一个兄弟和一个侄子是皇帝，换言之，一个公主能够上下勾连起三位皇帝。但太平公主不一样。她的父亲唐高宗是皇帝，母亲武则天也是皇帝，她还有三个同胞哥哥当过皇帝，分别是唐中宗李显、唐睿宗李旦，以及死后追封的孝敬皇帝李弘。另外，她还有两个侄子是皇帝，一个是唐殇帝李重茂，还有一个是唐玄宗李隆基。一个人竟然勾连起七位皇帝，这样的身份，当然显赫。再看能量巨大。太平公主谋划过两场政变，又死于一场政变。她谋划的那两场政变，先是让皇统从武周转到了李唐，接着又让李唐的皇统从中宗一系转到了睿宗一系，这可都是唐朝历史上鼎鼎重要的大关节。而置她于死地的那场政变，又捧出了唐朝历史上最著名的皇帝唐玄宗。想想看，一个公主，能够纵横周、唐两朝，手托中宗、睿宗、玄宗三任皇帝，这不就是能量巨大吗？这样波澜壮阔的一生，从何处说起呢？我觉得，可以用两首唐诗，把她的人生分成前后两段。第一段叫天真公主，第二段则叫政治公主。

先看天真公主。这一段涵盖了从她出生，到第一任丈夫去世这二十多年的时光。这一段的生活重点，可以用一首《太子纳妃太平公主出降》来概括。这首诗的作者就是她的父亲唐高宗李治，诗云："蝶舞袖香新，歌分落素尘。欢凝欢懿戚，庆叶庆初姻。暑阑炎气息，凉早吹疏频。方期六合泰，共赏万年春。"这首诗的主题是什么？其实就是太平公主大婚。太平公主出嫁，是在开耀元年（681）的七月，这一年，她年方十六七岁。古代公主出嫁属于下嫁，所以不叫"出嫁"，而是叫"出降"。唐高宗和武则天是一对爱热闹的父母，把太平公主出嫁和她的哥哥——当时的太子，后来的唐中宗李显——纳妃选在了同一天，一进一出，双喜临门，所以诗题叫作《太子纳妃太平公主出降》。这首诗是什么意思呢？先看"蝶舞袖香新，歌分落素尘"。这是在描写庆典的场面。宫女们舞袖飘香，引得蝴蝶也跟着翩翩起舞；歌姬们的歌声嘹亮，让天上的尘土都纷纷飘落。那么，这是什么好日子，为什么大家要载歌载舞呢？下两句自然衔接："欢凝欢懿戚，庆叶庆初姻。"原来，人们是因为又结了两门好亲戚才这样欢乐，也是因为太子纳妃和公主出降才这样庆贺。有这样的喜事，人自然是快乐的，那老天又如何呢？再看下两句："暑阑炎气息，凉早吹疏频。"原来，此刻已经是农历七月，夏末秋初，金风送爽，连老天都这么会凑趣。既然如此，皇帝也给这两对新人一点祝福吧，祝福什么呢？看最后两句："方期六合泰，共赏万年春。"希望天地东南西北六方都能祥和安泰，也希望两对新人和大唐的百姓一起，享受这万年不尽的好日子。诗自然说不上有多好，但情调却是喜气洋洋，落落大方，算是典型的皇家风范。自己写诗还不够，唐高宗还让大臣们都来唱和，《全唐诗》里，至今还保存着十首题名为《奉和①太子纳妃太平公主出降》的诗，可见当时的盛况空前。

那么，我为什么要用这首诗来表现太平公主身为天真公主的快乐时光呢？因为当年的太平公主就是这么一个只长着恋爱脑的小姑娘。差不多就在婚礼之前的一年，有一天，唐高宗在宫中设宴，大会亲族。太平公主忽然身着紫袍，腰围玉带，头戴黑巾，来到父母面前。她深施一礼道："阿爷阿娘，我给你们跳个舞吧。"说罢，就跳了一支武舞，也就是表现战争的舞蹈，跳得英姿飒爽，神气活现。唐高宗和武则天一看女儿这俏皮的样子，哈哈大笑说："你一个女孩子家，又不是武将，干吗扮成这个样子？"太平公主马上回了一句："既然阿爷阿娘说我穿军装不合适，那就把这身行头赏赐给我的驸马吧。"听她这么一说，唐高宗夫妇才恍然大悟，不知不觉中，女儿已经长大了，少女怀春，

———————

① "奉和"指做诗词与别人相唱和。

她想要嫁人了。千载之后，大家怎么评价太平公主自求驸马这件事呢？个人觉得，这其实就是她作为天真公主的最好证据。所谓天真，不就是想要就要，不管不顾吗？这里头固然不乏武则天在感业寺情挑唐高宗的泼辣，但是却没有武则天"看朱成碧思纷纷"的那份煎熬，很明显，小姑娘还没有经过生活的打磨，她的眼睛里只有玫瑰色的花儿朵朵开。而她的父母呢，又恰恰是整个大唐最有本事的两个人，面对如此纯真开朗的小女儿，他们有什么理由不纵着她，不满足她的全部心愿呢。

很快，他们就按照太平公主心目中驸马的样子，为她找到了合适人选。这个驸马名叫薛绍，出身于高门大族河东薛氏①，又是唐高宗姐妹城阳公主的儿子，算是亲上做亲。看到这儿大家就明白了，电视剧《大明宫词》里，太平公主和薛绍因为观灯才认识是假的，他们俩的关系，恰恰就像《红楼梦》里的贾宝玉和林黛玉。这样门当户对、两小无猜的婚姻，岂不是比一见钟情更加可靠？驸马人选确定之后，再经过一番筹备，到开耀元年，也就是 681 年七月，两个人举行了盛大的婚礼。这可是唐朝历史上第一次超豪华婚礼。根据《新唐书·诸帝公主列传》记载，太平公主婚礼的礼堂，就设在了万年县的县衙。当时长安一共有两个直辖县，一个叫长安，一个叫万年。这样说来，万年县县衙有点类似于现在北京东城区的区政府。以京县县衙为礼

---

① 河东薛氏于魏晋之际，由蜀地迁徙到河东汾阴（今山西省万荣县），从魏晋历南北朝至隋唐，薛氏发展为世家大族，与裴氏、柳氏并称"河东三姓"。这个家族在文学上也颇有成就，比较有代表性的是薛道衡和薛涛。

堂，这规格已经够高了吧？可是，太平公主的婚车实在太豪华了，根本过不去。怎么办呢？唐高宗和武则天这对强人夫妇大手一挥，拆墙！硬是把县衙的围墙拆去一面，这才让婚车浩浩荡荡地开了进去。按照唐朝风俗，婚礼都是在晚上进行的，那时候没有路灯，唐高宗夫妇又命人点起火炬，从长安城北的大明宫一直到城南的万年县衙，一连串的火炬宛若一条火龙，把沿途的行道树都烤焦了。一个只知道要驸马，要豪华婚礼的小公主，天真不天真？当然天真，天真得只能存在于岁月静好的太平盛世，却抵挡不了现实政治的翻云覆雨手。武则天的皇帝梦，当时已经在冉冉升起之中了。她要当皇帝，那就得改朝换代，这里面怎么容得下半点天真呢！垂拱四年（688），就在太平公主和薛绍共同生活了七年之后，武则天以谋反的罪名，把薛绍抓进监狱，活活饿死。此后不久，太平公主梅开二度，改嫁给武则天的侄子武攸暨（yōu jì）。武攸暨和她是什么关系？其实还是表兄妹，

李贞父子谋反

垂拱四年（688），武则天兴建明堂，为自己改朝换代造势。各地开始出现所谓的祥瑞，洛水出现"宝图"，武则天给自己加尊号为"圣母神皇"。这刺激了李唐宗室的不满，李贞父子由此起兵。叛乱很快便被镇压，武则天趁机剪除诸多李唐宗室。薛绍作为唐太宗女儿城阳公主的儿子，也被安上谋反的罪名。

清 光绪 《牡丹花开》 》 ◎

只不过这个表兄妹，已经呼应着政治上的改唐为周，从父系换成了母系。这样的关系不是有点类似于《红楼梦》里的贾宝玉和薛宝钗吗？贾宝玉不喜欢薛宝钗，最终出家当了和尚。太平公主也不喜欢武攸暨。但是，她并没有遁入空门，而是摇身一变，成了一位政治公主。

怎样的政治公主呢？大文豪韩愈①写过一首《游太平公主山庄》，最具气派："公主当年欲占春，故将台榭押城闉（yīn）。欲知前面花多少，直到南山不属人。"什么意思呢？太平公主当年想要占尽春色，就把自己山庄的亭台楼阁修得高过了长安城。你要想知道山庄前面的花木还有多少，一直延伸到终南山也不属于他人。这首诗貌似平常，但以虚写实，似直而曲，特别耐人寻味。就拿第一句来说吧，"公主当年欲占春"，这是多么霸气的说法！你可以霸占土地，霸占人口，但是，哪一个人有本事霸占春光呢？可是，太平公主就有这份野心。这里有没有一点武则天"明朝游上苑，火急报春知"的感觉？同样是管天管地，这母女二人还真是一脉相承。那么，她到底霸占没有呢？看后两句就知道了"欲知前面花多少，直到南山不属人"。所谓南山，就是陕西的终南山，在长安城南五十里。想想看，从长安城一直延伸出五十里地都还是太平公主的地盘，这是何等逼人的气势！这样的公主，你还敢说她没有占尽春色吗！

读者朋友可能会好奇，她的这份泼天富贵是从哪里来的呢？一

---

① 唐代文学家，世称韩昌黎，是"唐宋八大家"之一。代表作有散文《原道》《进学解》《师说》《祭十二郎文》，以及诗歌《山石》《石鼓歌》《调张籍》《左迁至蓝关示侄孙湘》等名篇。

言以蔽之，是从她的政治成就里来的。唐朝公主的财富主要来自实封。所谓实封，就是朝廷划拨一些家庭给公主，这些家庭从此不再给国家缴纳赋税，而是把赋税交给公主。按照唐朝的规矩，每个公主食实封三百户，也就是享受三百户人家的供养。这样的财富，我们小民百姓自然是望尘莫及，但是，肯定远远达不到"直到南山不属人"的程度。问题是，太平公主并不是一般的公主，她并没有坐等国家供养；恰恰相反，她多谋善断，屡立大功，而每立一次大功，她的实封就涨一次。一起来看看太平公主实封的成长过程吧。第一步，太平公主按照母亲的意思，改嫁武攸暨，算是给武周政权缴纳了一份投名状。据说因为这次投诚，她的实封从三百户追加到一千二百户，这是一般公主的四倍。第二步，太平公主在武周时代非常活跃，不仅帮母亲干掉了到处惹是生非的冯小宝，还给母亲"孝顺"了"莲花六郎"张昌宗，此后，又进一步帮母亲拿下了人神共愤的酷吏来俊臣[1]。这些都是其他人难以完成的秘密任务，武则天特别满意，又把她的实封提升到三千户，这就是一般公主的十倍了。第三步，武则天晚年，二张兄弟乱政[2]，太平公主审时度势，协助三哥唐中宗李显发动神龙政变，杀死二张兄弟，逼武则天退位，让政权从武家重新回到了李家。这样一来，她的实封也从三千户提高到五千户，变成了一般公主的将近十七倍。第四

---

[1] 武则天曾经重用酷吏来俊臣来帮助自己扫清朝堂政敌，震慑朝堂。来俊臣擅长网罗罪名，屈打成招，他为了获得更大的权势，仗着武则天的宠信，诬蔑狄仁杰等朝堂重臣、武家人、太平公主等，最终引发众怒，被揭发罪行，斩首示众。

[2] "二张"指张易之、张昌宗兄弟。他们仗着武则天的宠信，祸乱朝堂。

·699年，年迈的武则天重新立李显为太子。

·705年正月，宰相张柬之等人，率领御林军杀死了张易之、张昌宗兄弟，并逼迫武则天让位于太子李显。李显改年号为"神龙"，于是此次政变被称为"神龙政变"。

·705年二月，唐中宗李显恢复国号为"唐"。

·同年，武则天寿终正寝，留下一座无字丰碑，功过留给后世评说。

神龙政变

·710年，唐中宗暴崩，享年五十五岁。

·同年，韦皇后的儿子李重茂继位，是为唐殇帝。韦皇后临朝摄政，改元"唐隆"。

·李旦的三儿子，当时的临淄王李隆基，在太平公主的帮助下，发动政变，杀死了韦皇后和安乐公主。

·唐殇帝退位，唐睿宗李旦重新登基为帝，立李隆基为太子。

·711年，李隆基代理国政。

·712年，李隆基即位，即唐玄宗。

唐隆政变

步，唐中宗暴崩，当年跟她同一天出嫁的嫂子韦皇后想要效法武则天，改朝换代当女皇帝，太平公主又联合她的侄子，后来的唐玄宗李隆基发动唐隆政变，一举杀死韦皇后和安乐公主[1]，随即逼迫庶出的侄子唐殇帝李重茂退位，让四哥唐睿宗李旦坐上了皇帝的宝座。立此大功，她的实封又从五千户增长到一万户，这已经是一般公主的三十三倍多。从财政角度考虑，一万户到底是什么概念？要知道，当时唐朝一共才有六百一十五万户，其中，能够给国家提供赋税的不超过三百万户。太平公主实封一万户，等于一个人就占掉了国家财政收入的三百分之一。这还不够，她和薛绍所生的二男二女，和武攸暨所生的二男一女也都享受实封，赏赐给她的金银财宝更是不计其数。这样算下来，再看"欲知前面花多少，直到南山不属人"，就不会觉得夸张了吧？

可是，韩愈这首诗，难道是在夸赞太平公主的财富吗？却又不是。此诗妙就妙在以虚写实，似直而曲。那么偌大的家业，那么霸气的欲望，到底也抵不过"当年"二字。"公主当年欲占春"意味着什么？意味着"风流总被雨打风吹去"，再怎么豪横，也是当年的事了，而今时过境迁，当年"不属人"的花木早都归了别人，否则，身为普通官员的韩愈又怎么能够肆无忌惮地去游玩，去凭吊呢[2]！

那么，太平公主的泼天富贵为什么不能维持长久呢？这奥妙就在

---

[1] 韦皇后的小女儿，唐中宗李显复位后，她因为唐中宗的宠爱而权倾天下，曾奏请封自己为"皇太女"。

[2] 韩愈生于768年，他活跃在政治舞台时太平公主早已去世。

第二句"故将台榭押城闉"里。所谓"城"就是城门，也可以泛指城郭。长安城的城郭是大唐王朝权力的象征，太平公主却想让她的亭台楼阁去压那城郭一头，这不就是挑战皇权吗！看来，太平公主食髓知味，越来越不满足于仅仅增加财富，她像她的母亲武则天一样渴望着权力，逐渐触碰到了皇权的底线。怎么触碰的呢？此前提到，唐中宗死后，太平公主联合侄子李隆基发动政变，把唐睿宗推上了皇帝宝座。可是，唐睿宗心里清楚，这皇位不是他自己打下来的，他坐在上头，终究有点烫得慌。怎么办呢？武则天的儿女没有一个不聪明，为了保住自己的位置，唐睿宗就在太平公主和李隆基之间搞起了平衡，无论哪个大臣来找他汇报工作，他都要问两个问题："尝与太平议否？""与三郎议否？"貌似对这两大功臣充分尊重，不分伯仲，其实是让他们相互牵制，他坐收渔翁之利。在这种情况下，太平公主应该怎么办？最妥当的办法，其实是一边敷衍，一边后退，直至彻底抽身。毕竟，唐睿宗不可能永远活着，而皇位之间的父子相传也不容置疑。唐睿宗此刻利用她来搞平衡，不过是眷恋权力，不肯过早退出政治舞台罢了，难道还能传位给她不成？可是，太平公主毕竟是武则天的女儿，她看到过武则天的成功，也品尝过权力的滋味。她放不下。放不下又如何呢？她非但不后退，反倒利用唐睿宗的矛盾心理，步步为营。直到唐睿宗退位当了太上皇，李隆基接班当了皇帝，太平公主仍然不放手，不停地扩大势力，拉拢大臣，一直搞到七位宰相五出其门的程度。这意味着什么？意味着她已经触碰到了皇权的底线，就差改朝换代了。在这种情况下，李隆基挟皇权之威，再次政变，杀死亲姑姑太平公主，不也就是应有之义了吗！到这一步，太平公主也就走完了政治公主的最后一段旅途，只留下一个豪横的传说，供人凭吊。

可能有的读者朋友会疑惑，你到底想说明什么？难道是想说女人婚姻不幸才会投身政治？还是想说，女人从政本来就是歧途？都不是。我想说的是，唐朝也罢，中国古代的任何朝代也罢，给公主设定的空间就只有那么大。身为公主，可以选择在家从父，出嫁从夫，只谈风月，不谈风云，这其实不过是普通妇女生活的高配版，太平公主早年享受的，就是这样的生活，这也是历史上绝大多数公主的生活方式。当然，身处高层政治中心，公主也有可能被卷入政治旋涡，在半梦半醒中走上政治舞台。太平公主后来走的，就是这条道路。事实上，不光是太平公主，我们此前写过的平阳公主带兵，文成公主和亲，走的也是这条道路。这条道路，貌似让公主走出了家门，但究其实质，她们还是在为家族效力，为父系家长效力。而只要她们还在效力，她们就是世所公认的好公主。可是，太平公主又往前走了一步，她想抛开这个父系家族，为自己效力。换言之，她想做女皇，而不是公主。就是这一步让她从人生巅峰跌下了万丈深渊。因为这一步可不是一小步，这是历史的一大步，她那个时代根本承受不了这样大的步伐，那个时代还根本没有妇女独立的大前提。太平公主的追求不具有历史的正当性，她的失败也就不可避免。但是，不具有历史正当性并不意味着不具有价值正当性，时至今日，我们已然发现，越来越多的女性正走在太平公主试探过的那条路上，而今，那条路不叫皇权，而叫平权。

【思考历史】

◇ 韦皇后也曾想登上帝位，但她为何没能复制武则天的帝位之路？

◇ 请了解太平公主和唐玄宗李隆基之间政治斗争的过程，说一说太平公主是怎么失败的。

◇ 唐隆政变里李隆基为什么能胜出？太平公主为何不在推翻乱政的韦皇后之后，继续让唐殇帝当皇帝？

清 冯箕 《湾月挂楼》 ◎

　　唐代是一个女性大放异彩的时代。以武则天为代表的一众宫廷女性竞相追逐最高权力，构筑起一个华丽而血腥的红妆时代。红妆时代是一个社会变革空前剧烈，个人命运起伏巨大的年代。在这个时代大放异彩的，不仅有从先帝弃妃到开国皇帝的武则天，有天之娇女太平公主，也有出身罪臣的上官婉儿。在上官婉儿身上，有两个头衔最引人瞩目。一个头衔是"中国古代四大才女之一"，另一个头衔则是"巾帼宰相"。这两个头衔交织出一段奇异的人生经历，令人感慨万千。

　　先说才女。中国古代的才女都会写诗，上官婉儿也不例外。全唐诗收录了她的三十二首诗，其中一首《彩书怨》，最为有名。诗云：

　　叶下洞庭初，思君万里余。露浓香被冷，月落锦屏虚。欲奏江南曲，贪封蓟北书。书中无别意，惟怅久离居。

　　什么意思呢？当洞庭湖的秋叶刚刚凋落的时候，我深深思念着万里之外的你。露水越来越浓，我的被子也越来越冷；月亮悄悄落下去，锦屏也跟着暗淡了下去。我想演奏一首江南曲，却又放下琴来，写信给远在蓟北的你。信里也没有什么别的话，只是惆怅着，咱们已经分离太久太久。

"露浓香被冷，月落锦屏虚"，这一联的辞藻多么华丽！"露浓"对"月落"，"香被"对"锦屏"，"冷"对"虚"，对仗又多么整齐！事实上，这种崇尚结构精巧、辞藻华丽的诗体正是上官婉儿的爷爷上官仪当年大力提倡的，所以又叫"上官体"。虽然上官婉儿还在襁褓之中，她的爷爷就被武则天杀死了，但是，诗人的基因就是这么强大，上官婉儿一开口，还是那么华丽丽的上官体。华丽可不是这首诗唯一的好处，当年，上官体最让人诟病的就是内容空虚，可是，婉儿这首

上官仪

上官婉儿的祖父叫上官仪。上官仪于贞观初考取进士，是初唐有名的才子，屡次升迁，官至宰相。

武则天得势后，行事张扬，唐高宗一度起了废后的心思，召上官仪起草废后诏书。武则天知道后，向唐高宗申诉，唐高宗一时后悔，怕武则天怪罪他，便推脱说："这都是上官仪教我的。"

于是，武则天命心腹许敬宗诬告上官仪勾结废太子意图谋反，趁机将上官仪诛杀。其家族男丁被杀，女眷则被没入宫中为奴。

诗却并不显得空洞，而是有着沉甸甸的感情。诗人为什么觉得香被冷，锦屏虚？因为她思念的那个"君"，远在万里之外的蓟北，"此时相望不相闻"，所以她的心才和香被一样冷，和锦屏一样虚了！那么，这心头的思念是突如其来的呢？还是一直缭绕的呢？当然是一直缭绕的，因为"露浓"和"月落"两个词，让我们看到了时间的流逝。露水刚刚降下来的时候，她已经在床上了，可是直到露浓时分，她还在辗转反侧。同样，当月亮还挂在天上的时候，她就眼睁睁地看着月亮，此刻月亮都落下去了，她仍然耿耿难眠。这是多么绵长的夜晚，又是多么绵长的思念呀。有了这样的感情在里头，连我们都会觉得，那"洞庭波兮木叶下[1]"的时节，是多么萧瑟，那"书中无别意，惟怅久离居"的心情，又是多么寂寞。要知道，上官婉儿还是婴儿的时候就被没入掖（yè）庭，一辈子基本上都在后宫度过，根本没有像普通人那样的生活经验，当然更不可能有一个出征蓟北的丈夫，但是，她凭着想象，就把那民间思妇的心写活了，也写美了，这不就是天生的诗人吗？

不过，作为才女，上官婉儿最厉害的地方还并不是自己写诗，而是品评天下诗人。大家知道，作为汉语诗歌代表形态的格律诗又叫"沈宋体"，之所以这样叫，是因为沈佺（quán）期和宋之问两位大诗人对格律的发展和定型做出了重大贡献。可是在当时，沈佺期和宋

---

[1] 上官婉儿的"叶下洞庭初"化用的是大诗人屈原《九歌·湘夫人》的开篇"帝子降兮北渚，目眇眇兮愁予。袅袅兮秋风，洞庭波兮木叶下"，意思是湘夫人降落在北洲，极目远眺思绪忧愁，秋风袅袅，洞庭水波荡漾，树叶零落。

之问写诗的优劣，也是要靠上官婉儿来评判的。前文提到过，武则天晚年特别崇尚文学，经常组织学士们写诗、赛诗。既然是比赛，就得有胜负，谁来评判呢？就是上官婉儿。后来，唐中宗发动神龙政变，逼武则天退位，改周为唐。朝代变了，崇文的风气却一直延续下来，唐中宗仍然喜欢拉着大臣到处游玩，所到之处必然赋诗，而且只要赋诗还必须要比拼高低，决出胜负。谁来做裁判呢？仍然是上官婉儿。

这就引出了一个著名的故事。唐中宗景龙年间，有一次过正月三十。正月三十在今天是个普通的日子，但是，在唐朝的时候，正月三十又叫"晦日[1]"，大家都放假，到处游乐，是一个挺重要的节日。这一天，唐中宗率领群臣驾幸昆明池，池上泛舟，池畔奏乐，一派热闹景象。这个时候，韦皇后提议说：如此良辰美景，怎么能没有诗呢？不如大家都来赋诗记胜，请皇帝先写一首打个样，然后群臣唱和，就叫《奉和晦日幸昆明池应制》。中宗让上官婉儿当裁判，从大臣的和诗中评出一首最好的，作成歌词，当场配乐演唱。

这个提议真是风雅，群臣纷纷凑趣，于是就都动笔写了起来。只见皇帝的大帐前结起彩楼，上官婉儿端坐在彩楼之上，神采飞扬，恍如神仙妃子。彩楼下面是文武百官，有的临水吟哦，有的奋笔疾书，中间还有宫女们往来穿梭，随时把大臣们写好的诗收集起来，送到彩楼上去。上官婉儿就在彩楼之上评审大臣们交上来的作品，她随看随丢，很快，诗篇就跟雪片一样飞了下来，这被抛下来的，自然就是落

---

① 农历每月的最后一天被称作"晦日"。唐朝时曾将正月晦日（三十日）定为晦节。

选的了。最后，她的手里只剩下沈佺期和宋之问所写的两首诗。这两个人都是当时的文坛翘楚，并称"沈宋"，水平一向难分高下。所以，一百多号官员都翘首以待，看上官婉儿如何评判。两位当事人更是铆足了劲，暗暗约定，咱们俩到底谁优谁劣，就看今天了。这个时候，又有一篇诗落了下来，谁的呢？沈佺期的。自己为什么落选了呢？不要说沈佺期不服气，一定要讨个说法，就是那围观的一百多大臣，也心存疑惑，甚至连唐中宗和韦皇后都动了好奇之心。这个时候，只听上官婉儿朗声解释：这两首诗单看前面，确实功力相当，但是，沈佺期的最后一句是"微臣雕朽质，羞睹豫章材①"，一看就是强弩之末，词气已尽；而宋之问的最后一句是"不愁明月尽，自有夜珠来"，则犹如大鹏展翅，陡然健举，诗句写完了，但是气势还盛，这不就是宋之问高过沈佺期的地方吗？仔细想想，这真是一番高论。什么叫"微臣雕朽质，羞睹豫章材"？所谓"豫章材"就是指栋梁之材，诗文的意思是说，我这个人犹如朽木不可雕也，看见别人都是栋梁之材，我感觉特别惭愧。这样的说法，是不是让人一听就垂头丧气？而且，既然是陪皇帝游玩，写应制诗，那结尾一定要落到皇帝身上，要颂圣，才合规矩。你说自己很没有水平，有什么意思啊？反观宋之问这首诗就不一样了。什么叫"不愁明月尽，自有夜珠来"？这其实是在点题，题目既然有"晦日"，也就是三十日，那一定没有月亮。可是，宋之

---

① 枕木与樟木的并称，这两者都能产出优质的木材，所以古人用"豫章材"比喻栋梁之材。

问说得好，就算没有月亮也不要紧，自然会有夜明珠来给我们照亮。这夜明珠又是怎么回事呢？这里用的是汉武帝的一个典故。当年，汉武帝曾经放生过一条大鱼，后来，大鱼就把一双夜明珠放在昆明池边，来报答汉武帝的好生之德。此刻唐中宗也是游幸昆明池，用这个典故，多么应景啊。而且，把唐中宗比成雄才大略的汉武帝，这不就是颂圣吗？这才是应制诗应有的规矩。听她这么一解释，沈佺期服气不服气？当然服气。大臣们服气不服气？当然也服气。这样现场品评诗人，才是唐代诗词大会的风采，而这背后考验的，其实是上官婉儿的诗词鉴赏力和现场反应力。据说，上官婉儿出生之前，她的母亲郑夫人曾经做过一个梦。在梦中，有一位神人给了她一杆大秤，对她说："持此称量天下。"郑夫人醒后找人解梦，人们都恭喜她，说她肚子里的宝宝以后肯定要当宰相，否则怎么会称量天下呢！郑夫人也暗暗地怀着期待，没想到生下来一看，是个女孩。女孩怎么可能称量天下呢？郑夫人很是泄气，但是，看着小女儿聪明可爱的样子，又忍不住逗她说："你是不是称量天下的那个人呀？"上官婉儿当时还不会说话，但是发出咿咿呀呀的声音，好像在说："没错，就是我呀。"郑夫人是个有福气的人，虽然早年受公公上官仪牵连，没入掖庭，但中年以后，却跟着女儿享尽了荣华富贵。此时，看到女儿在昆明池评判诗人，她一定会想起那个称量天下的大梦吧？事实上，上官婉儿不仅评判文人，她也保护文人，她曾经劝唐中宗扩大书馆，增加学士名额，让写诗蔚然成风，也正是在这种风气之下，格律诗才最终定型。现在我们提及古代才女，一定会首推李清照。但是，如果拿对当时文坛的影响力来衡量，那么，上官婉儿还应该胜过李清照一筹。

再看巾帼宰相。为什么上官婉儿能够品评天下诗人呢？难道仅仅是因为她才华横溢，压倒众生吗？当然不是。她能够有那么大的文坛影响力，不仅因为她有才，更因为她参政，而且是深度参政。

上官婉儿参政，是从做武则天的机要秘书开始的。本来，上官婉儿的爷爷和爸爸都死于武则天之手，上官婉儿也因此被没入掖庭，那时候，她还只是个小婴儿。掖庭是个最没前途的地方，但是，上官婉儿禀赋过人，硬是在那种环境下学会了吟诗作赋，而且头脑特别清醒。常言道"是金子总会发光"，就在她十三岁那年，武则天不知因为什么机缘知道了这个小女孩，一番测试之后，马上决定把她放到身边做秘书。大家都知道，秘书这个岗位很重要，可是，武则天当时还是皇后，皇后并没有秘书这种人员配置。怎么安排上官婉儿呢？武则天永远有办法。当时唐高宗还健在，武则天大笔一挥，给上官婉儿安了一个"才人"的头衔。要知道，才人可是皇帝妃嫔中的一个序列，当年武则天本人就是从唐太宗的才人做起的。她那么爱嫉妒，应该不允许别的女人接近唐高宗才是，为什么还要让上官婉儿当才人呢？其实，这就是武则天了不起的地方了。她看中上官婉儿是棵好苗子，想要栽培她。怎么栽培呢？唐朝的后宫有两个系统，一个叫女官系统，算是服务宫廷的公务员，这倒符合上官婉儿的身份，可是，女官做到头也不过是五品官，武则天觉得，这会埋没了上官婉儿。另一个系统就是妃嫔系统了，妃嫔是皇帝的妾，确实不符合上官婉儿的秘书身份，但是，妃嫔系统最高可以做到一品，上升空间大。怎样安排合适呢？武则天是个有水平的领导，她不仅擅长发现人才，更擅长不拘一格用人才。思来想去，她干脆绕过女官系统，直接把上官婉儿放到了妃嫔序列。虽然才人也还只是五品，但是，只要好好干，以后定会有出头之日！这也就解释了为什么武则天不嫉妒上官婉儿，事实上，上官婉儿就是一个披着妃嫔外套的公务员，直接为武则天服务，唐高宗完全不能染指，那还有什么可嫉妒的呢！而且，从这个才人的身份，我们也可以稍微窥测一下武则天的内心世界了。也许，在她看来，上官婉儿多少有一点她当年的影子吧，所以，她才会也给上官婉儿一个同样的位置，想要看看婉儿在这个位置上怎么走下去，或者说，走上去。

那么，上官婉儿到底有没有走上去呢？她走上去了。而且，恰恰是靠搞政变反对武则天才走上去的。武则天晚年不是卧病在床吗？太子李显（后来的唐中宗）趁机联合太平公主等人发动神龙政变，逼迫武则天退位，改周为唐。在这场政变中，上官婉儿审时度势，站在了太子一边，率领宫女当了内应。政变结束后，太子李显当了皇帝，马上，上官婉儿也从五品才人升为三品婕妤，很快又升为二品昭容。可能读者朋友会发觉，这不就和武则天从唐太宗的武才人晋升为唐高宗的武昭仪是一个道理吗？难道唐中宗也跟他爸爸唐高宗一样，父子聚麀（yōu）吗？当然不是。上官婉儿仍然是一个披着妃嫔外套的公务员，在武则天时代如此，在唐中宗时代仍然如此。只不过，她在唐中宗时代比在武则天时代地位重要太多了。因为唐中宗和武则天不一样。武则天是既有政治经验，又有政治班底。而唐中宗呢？既没有政治经验，也没有政治班底。虽然已经坐上龙椅，但是整个大臣系统中并没有几个人真正听他的，也没有几个人是他真正放心的。既然如此，身为本朝功臣，而又曾经在前朝掌握机要的上官婉儿就成了唐中宗以及韦皇后的高参，他们应该联合谁，怎么联合；应该打击谁，怎么打击，很多都是上官婉儿的主意，其中最重要的一些诏书，也都由上官婉儿来起草。换句话说，在武则天时期，上官婉儿还只是个机要秘书，而到唐中宗时代，她已经俨然是一个辅政大臣了。有这样的威势，当时的人都称她为"巾帼宰相"，这位内宰相能够主宰朝政，又怎么不能居高临下，品评天下诗人呢！

而且，既然是内宰相，那就得享受一些宰相的待遇了。什么待遇呢？唐中宗居然破例赏赐给她宫外的住宅，让她到宫外自由居住，每天只需按时按点，回宫上班而已。一个身为皇帝妃子的人，居然住在宫外，这在整个中国历史上，也算是"只此一家，别无分店"了吧？更不可思议的是，上官婉儿还拥有不止一个情人，经常跟他们在私宅幽会。想想看，一个皇帝，居然允许自己的妃子找情人，是不是令人瞠目结舌？为什么唐中宗会这样做呢？关键原因既不是他软弱，也不是他通达，而是他真心实意地拿上官婉儿当宰相看待，既然是宰相，为什么不能像别的宰相那样朝九晚五，"三妻四妾"呢！

上官婉儿在宫内宫外自由行走、春风得意的时代，也正是韦皇后谋求当女皇，安乐公主谋求当皇太女的时代。我们可以想象一下，如果她们都成功了，中国历史岂不是要大幅度改写？这女皇帝、皇太女和女宰相的组合，该是多么神奇呀！然而，历史并没有沿着这个思路发展下去。很快，唐中宗暴崩，太平公主和李隆基发动唐隆政变，杀死韦皇后和安乐公主，顺便也杀死了惯于翻云覆雨的上官婉儿。一代才女，一代内宰相就此香消玉殒。随着武则天、韦皇后、安乐公主、上官婉儿乃至后来的太平公主相继死去，中国历史上一段政治女性大放异彩的红妆时代戛然落幕。

不过，人只要活过，就会留下痕迹。中唐有一位诗人叫吕温，他的朋友崔仁亮在洛阳逛书店，买到了一本《研神记》。薄薄的书一打开，就散发出一阵浓烈的香气，连蠹（dù）虫①都不敢来侵扰。再仔细看，上面居然有上官婉儿写的题记。这居然是当年上官婉儿的藏书啊，而这时距离婉儿去世，已经过去了将近百年。这样的奇遇，让吕温太意外，也太震撼了，他忍不住提起笔来，写了一首《上官昭容书楼歌》来讲述这段传奇。诗云："汉家婕妤唐昭容，工诗能赋千载同。自言才艺是天真，不服丈夫胜妇人。"什么意思呢？他说，汉朝的班婕妤和唐朝的上官昭容都那么出众，她们虽然相隔千年，但是，吟诗作赋的才华却并无不同。她们说自己的才华得自天然，她们不觉得男子就一定会胜过妇人。

"自言才艺是天真，不服丈夫胜妇人"，这句话说得真有力量。虽然，要彻底让人接受这个说法，可能还需要再经过一千年，但是，这个声音只要出现了，就不会了无痕迹，它一定会穿过历史的重重迷雾，变成下一个时代的一声惊雷。

---

① 蛀虫。

【思考历史】

◇ 武则天杀死了上官仪，却又启用了上官婉儿，这体现了武则天什么样的政治胸襟？

◇ 上官婉儿为什么会在神龙政变中站在武则天的对立面？

◇ 了解上官婉儿的故事，想一想，为什么唐隆政变里太平公主和李隆基会杀了她？

日 狩野山雪 《长恨歌图》『贵妃承恩专宠』片段 ◎

杨贵妃

◇

唐朝贡献了两位在中国最具知名度的女性。一位是最有权势的女皇武则天，还有一位，就是最迷人的美女杨贵妃。

杨贵妃的故事在中国流传很广，大多数中国人都知道，她是个肌肤丰艳的胖美人，她先是嫁给了唐玄宗的儿子寿王李瑁[①]，然后才被唐玄宗父纳子妻，据为己有。因为她的专宠，娘家人都跟着鸡犬升天，她的堂兄杨国忠更是一路当到了宰相。然而，乐极生悲，安史之乱突然爆发，杨贵妃暴死在马嵬坡前，大唐的开元天宝盛世也随之戛然而止。本文不想再描述她人生中的这些大关节、硬指标，而是要跟大家分享另外两个话题：第一，杨贵妃生前为什么能得到唐玄宗的宠爱？第二，杨贵妃死后，为什么又能得到历代老百姓的同情？

杨贵妃为什么能得唐玄宗的宠爱？一个最通俗的理由，就是她长得美。诗仙李白曾经写过三首《清平调》，专门夸赞她的风采。就

---

① 关于寿王的名字，史学上一直存有争议。《旧唐书》记载为李瑁，欧阳修则认为应是李瑁。根据后来发现的寿王女儿阳城县主李应玄墓志（拓本刊《长安新出墓志》），应为李瑁。

拿流传最广的第一首来说吧："云想衣裳花想容，春风拂槛露华浓。若非群玉山头见，会向瑶台月下逢①。"什么是"云想衣裳花想容"？

> **安史之乱**
>
> ·755年冬天，时任节度使的安禄山打着讨伐忤逆朝臣杨国忠的名头起兵叛乱，攻占洛阳。
>
> ·756年，安禄山在洛阳称帝，国号"燕"，同年攻入长安。
>
> ·唐玄宗逃亡，途经马嵬（wéi）驿时，将士发生哗变，杀死了杨国忠，逼玄宗赐死杨贵妃。玄宗的儿子唐肃宗在灵武（今宁夏灵武西南）即帝位。
>
> ·757年，安庆绪担心安禄山立自己的弟弟安庆恩为继承人，杀死安禄山。
>
> ·同年，唐肃宗收复长安、洛阳。
>
> ·759年，安禄山的手下史思明杀掉安庆绪，自称燕帝，两年后史思明被儿子史朝义杀死。
>
> ·763年，唐军屡败叛军，史朝义被迫自杀。历时八年的安史之乱终于被平定，唐朝由盛转衰。

---

① 剩下两首为："一枝红艳露凝香，云雨巫山枉断肠。借问汉宫谁得似，可怜飞燕倚新妆""名花倾国两相欢，长得君王带笑看。解释春风无限恨，沉香亭北倚阑干"。前一首的意思是，贵妃就像一朵带着露珠的牡丹，艳丽芬芳。楚王当初梦见巫山神女真是枉自断肠。问一声汉宫里谁能比得上她的花容月貌呢？可怜那美丽的赵飞燕要和她比也得倚仗新妆。后一首的意思是，倾城倾国的佳人与牡丹相得益彰，让人欢喜，那动人的风姿，君王总忍不住笑着去看。即便心中有再大的怨恨，只要倚靠着沉香亭畔的栏杆，看着贵妃，都会全都消散。

看见云彩，就想起你飘动的衣裳；看见牡丹，就想起你娇艳的脸庞。衣袂如云，美人如花这样的比喻早就用烂了，诗仙却另辟蹊径，既不说人像物，也不说物像人，而是说看见那最美好的风景，就能联想到那最美好的你，这是多么新奇，多么富有感染力的说法呀！那"春风拂槛露华浓"呢？所谓春风，既可以指自然的春风，也可以指皇帝的恩宠，因此，这句诗既可以理解为在春风的吹拂之下，带着露水的牡丹随风摇曳，尽展芳华；也可以理解为贵妃在皇帝的恩宠下绽放青春，展现出迷人的风采。这就叫人花一体，一语双关。这句诗还启发了后世的翻译家，当年，美妆品牌 Revlon 进入中国，被翻译成"露华浓"，真是神来之笔。接下来呢？"若非群玉山头见，会向瑶台月下逢。"群玉山和瑶台，都是西王母居住的地方，也就是女神的世界。这样美艳的妃子到哪里找呢？应该不是在群玉山，就是在瑶台吧？这其实是把杨贵妃比作了神仙姐姐，说她超凡脱俗，惊为天人。

这首诗写得辞藻华丽，气象高华，当然体现了诗仙的水准。不过，这毕竟是唐玄宗点名让李白唱赞歌，所以难免带点应制诗的空洞，写得比较抽象，我们看完了，还是不大明白杨贵妃到底是哪一种美。其实，美本来就是一个见仁见智的话题，普天之下，并没有一个统一的审美标准。个人觉得，唐玄宗喜欢杨贵妃，不是笼统地因为她美，而是因为她有一种特别的天真之美，艺术家之美。

什么叫天真之美？说白了，就是她只想玩乐，不想政治。此前谈到过，皇后也好，妃子也好，不仅是皇帝的伴侣，更是个重要的政治身份。所有成熟的后妃都应当明白国家大事，而且，还得用自己的实际行动来影响国家政治，比如长孙皇后，听说唐太宗要杀魏徵，就要穿上华服，祝贺唐太宗君明臣直，敦促唐太宗纳谏；再比如班婕妤，知道皇帝要专门制作双人座的豪车，和她一起游玩，就要拒绝皇帝，还要提醒他多和大臣交流，不要整天在后宫瞎混。可是杨贵妃不一样。皇帝要办晚会，她就兴致勃勃地弹琵琶、跳舞；皇帝和亲王下棋，她虽然棋艺不精，但也重在参与，一旦看到皇帝要输了，她还要把怀里的狮子狗放到棋盘上搅局，哄皇帝开心；甚至，就连皇帝生气了，她也不是脱簪（zān）[1] 待罪，而是比皇帝翻脸还快，气得唐玄宗两次把她送回娘家，却又舍不得，放不下，还得两次再把她接回来。接回来之后呢？白居易《长恨歌》说得最好："承欢侍宴无闲暇，春从春游夜专夜[2]。"接回来之后，她还是玩，而且玩得更欢快了。她从来没思虑过政治，也没干预过政治。就连她的堂兄杨国忠当宰相，也不是因为她施加了什么影响力，而恰恰是因为她和唐玄宗一起玩樗（chū）蒲[3]，杨国忠在旁边算输赢，账目算得又快又好，这才引起了唐玄宗的兴趣，让他从财政官员做起，一路做到了宰相。在这个过程中，杨贵妃既没有像历史上有些皇后那样拼命提拔外戚，也没有像独孤皇后、长孙皇后那样自觉抑制外戚，她只是顺其自然而已。这是不是天真？当然是。所谓天真，就是心地单纯，率性而为，这种不成熟的状态，其实并不符合后妃的身份，但它恰恰是一种青春的诱惑，让人，

---

① 古代女子取下簪珥等首饰，表示自责请罪。
② 承蒙君主的喜爱，陪君饮宴，忙得没有空闲。春日里陪皇帝出游，晚上夜夜相伴。
③ 古代的一种游戏，用颜色定胜负，类似现在的掷骰（tóu）子。

特别是已经过于成熟的中老年男性心动不已。

　　什么又叫艺术家之美呢？就是她并非傻玩，而是能玩出花样，玩出水平。一个妃子，如果只仗着傻白甜来吸引人，那么，这种吸引力维持不了多久。但是，杨贵妃盛宠十多年，马嵬之变的时候已经三十八岁，依然能够让唐玄宗全心全意，倚仗的就不只是天真的诱惑了。事实上，杨贵妃是一个能让人找到精神共鸣，拔高精神层次的人，因为她是一个不折不扣的艺术家。除了众所周知的《霓裳（ní cháng）羽衣舞》之外，杨贵妃弹琵琶更是宫廷一绝，差不多的贵妇都在她手下受过训练，自称贵妃琵琶弟子。除此之外，杨贵妃的艺术鉴赏力也非同寻常。《太平广记》①记载了这样一个故事。杨贵妃手下有一个舞姬叫张云容，跟杨贵妃学会了跳《霓裳羽衣舞》，而且跳得婀娜多姿，特别动人。杨贵妃专门为她写了一首诗，就叫《阿那曲》，后来收录到《全唐诗》里，改名为《赠张云容舞》。诗云："罗袖动香香不已，红蕖（qú）袅袅秋烟里。轻云岭上乍摇风，嫩柳池边初拂水。"你的衣袖舞动掀起香风，飘荡不已。你的身姿是那么亭亭玉立，像一枝红莲摇曳在秋天的水雾里。你的娇躯舞动，像轻云刚刚被一阵柔风吹出山谷，又像是柳条被清风拂动，划破了池水，荡起了涟漪。这首诗水平如何呢？客观说来，并没有那么好，因为它只讲姿态，不讲感情，

---

① 北宋李昉等人编辑的小说总集，因为书成于宋太宗太平兴国年间，故名《太平广记》。内容采录了自汉至宋初的小说、笔记、稗（bài）史等四百多种，保存了大量的古小说资料。

做不到情景交融，在佳作迭出的唐诗中排不上名次。但是，她描摹舞姬的姿态动作，却非常传神。一句"罗袖动香香不已"，就让我们知道，这是一支慢舞，舞蹈的动作一定不大，甚至好像是静止的；但其实，那舞姬的衣袖却一直在轻轻抖动，否则，又怎么会有那一阵阵香风飘荡不已呢？这就是行家看行家，行家说行家，只有真正懂舞蹈的人，才能把舞姿写得那么曼妙，而且自然而然地，对舞蹈者流露出那么一种我见犹怜的欣赏。这种"我见犹怜"的感觉，不也正是唐玄宗看杨贵妃的心情吗？唐玄宗本身就是一位高明的艺术家，他在杨贵妃身上看到了艺术家的天分，找到了知己之感。

梨园弟子

戏曲是中国传统文化中的一部分。我们习惯于将戏班、剧团称为"梨园"，称戏曲演员为"梨园子弟"，如果有家庭几代人都从事戏曲艺术工作，我们会将其称为"梨园世家"。

"梨园"二字来自唐玄宗。据《新唐书·礼乐志》记载，唐玄宗精通音律，在梨园里汇聚了三百名乐工加以训练。每每有人弹错音，玄宗便会指出来并让其改正。于是，他们被称为"皇帝梨园弟子"。

后来，这个词慢慢与戏曲艺术联系在一起，"梨园弟子"成为戏曲艺术从业者的代名词。

我为什么要强调这两点呢？其实是想说，杨贵妃作为四大美人之一，是否真的美出天际并不重要，重要的是，她的这种天真之美和艺术家之美太符合唐玄宗晚年的心境了。唐玄宗最爱的女人，前后换了三个。第一个是结发妻子王皇后。当年，唐隆政变，生死存亡之际，出身武将家庭的王皇后曾经亲自参与谋划，他爱王皇后的刚劲之美。第二个是武则天的侄孙女武惠妃。开元盛世时代，头脑清醒的武惠妃为他出谋划策，他也爱武惠妃的智慧之美。这两位皇后，一个尚武，一个崇文；一个创业，一个守成，都曾经是他的重要帮手。可是，到开元末期乃至天宝时代，唐玄宗功成名就，已经不思进取，只愿享乐了，这时候，他寻找的也就不再是政治帮手，而是享乐伙伴了。谁是这样的伙伴呢？当然是杨贵妃，她脑子里只想着玩，又能玩出花样来，这样的人让老皇帝没有心理负担，而且有精神追求。甚至，连她那丰满艳丽的体态，都让年过花甲的老皇帝感受到了青春的朝气，他怎么可能不喜欢她呢？

有一年八月，太液池里千朵白莲怒放，唐玄宗带着王公贵戚都来赏莲。那些人都啧啧称赞说，没有比这更美的花了。这时候，唐玄宗微微一笑，指着杨贵妃对左右说："争如我解语花？"什么花能比得上我这朵会说话的花呢？这就是"解语花"的来历。唐玄宗不是擅长谱曲吗？他把自己谱的一首曲子命名为《得宝子》，还对旁人解释说："朕得杨贵妃，如得至宝也。"从这"解语花"和《得宝子》，我们就能品出大唐盛世的动人之处来了，历史上得宠的后妃也不少，又有几个能够得到皇帝如此直白、如此甜蜜而又如此率真的赞美呢！

　　然而，如此迷人的贵妃，如此动人的爱情毕竟被安史之乱撞了个粉碎。安史之乱不仅仅是大唐王朝的转折点，也是整个中国古代社会的转折点。此后的王朝，也曾疆域辽阔，也曾经济活跃，但是，若论整体影响力，却再也没能恢复到大唐盛世的局面。本来，担负着让一个王朝败落的骂名，就已经足够被人称作"祸水"了，更何况是撬动了整个古代社会由盛转衰的关键！杨贵妃无疑是经典意义上的"红颜祸水"，然而，神奇的是，一说到杨贵妃，大家率先想起的却不是"祸水"，而是"七月七日长生殿，夜半无人私语时"，是"天长地久有时尽，此恨绵绵无绝期^①"。相比褒姒、妲己^②这一类"前辈"，为什么杨贵妃会更得历代老百姓的同情呢？我想，有两个原因至关重要。第一，人们太留恋开元天宝盛世了。第二，白居易太会写诗了。

　　开元盛世是什么？那是中国人心中永远的一个梦。这个梦并不是从现在做起的，事实上，自从安史之乱爆发，大唐从盛世的巅峰跌落下来以后，人们就开始对开元盛世充满浪漫幻想了。伟大的诗圣杜甫有一首《忆昔》，最能代表那个时代的评价："忆昔开元全盛日，小邑犹藏万家室。稻米流脂粟米白，公私仓廪俱丰实。九州道路无豺

---

① 《长恨歌》的最后三句是"七月七日长生殿，夜半无人私语时。在天愿作比翼鸟，在地愿为连理枝。天长地久有时尽，此恨绵绵无绝期"。当年七月七日长生殿中，夜半无人我们轻声私语，山盟海誓。在天愿作比翼双飞的鸟儿，在地愿为并生的连理枝。即使天长地久也会有走向尽头的时候，但这生死遗恨，却永远无法消除。

② 古人认为褒姒、妲己都是红颜祸水，导致君王亡国。

虎，远行不劳吉日出。齐纨鲁缟①车班班，男耕女桑不相失。"什么意思呢？想当年开元盛世，任意一个小城市都有万户人家。南方的稻米和北方的粟米都喜获丰收，粮食装满了公家和私人的粮仓。天下太平，道路上再无寇盗，即使是出门远行，也不必特意挑选什么黄道吉日。川流不息的大车小车把精美绝伦的齐纨鲁缟贩运到全国各地，老百姓们男耕女桑，各安其业。诗中描述的景象多美好啊，简直就像是桃花源。这当然不完全是真的，就算是开元盛世，也照样有贪官污吏，有怀才不遇，有流离失所。但是，离开这个时代越久，人们就越怀念它，也就在内心里把它描绘得越美好，越神奇。这么神奇的高光时刻，由谁来做形象代言人呢？有两个人脱颖而出了。男的是李太白，女的就是杨贵妃。李白为什么能入选？"李白一斗诗百篇，长安市上酒家眠。天子呼来不上船，自称臣是酒中仙②。"这么自由傲岸，不正象征着开元盛世的精神高度吗？杨贵妃为什么能入选？"云想衣裳花想容，春风拂槛露华浓。若非群玉山头见，会向瑶台月下逢。"这么风华绝代，不正象征着开元盛世的雍容华贵吗！其实，无论是李太白还是杨贵妃，大放异彩的年代都主要在天宝，而不在开元，但是，人们还是愿意把他们和开元盛世联系在一起，觉得他们就代表着那个时代的锦天绣地，满目俊才。既然人们不愿意否认这样一个黄金时代，又怎么会

---

① 古代齐国和鲁国生产的白色细绢，后用于泛指名贵的丝织品。

② 出自杜甫《饮中八仙歌》。意思是李白饮酒一斗，便可赋诗百篇，他常常醉眠在长安街的酒家，天子派人召他去作陪吟诗，他却因酒醉不肯登上天子使者的小船，还自称自己是酒中之仙。

忍心否认这个时代的形象代言人呢？这样一来，我们就会自觉不自觉地修正自己的记忆，虽然杨贵妃身上同时存在着优秀的艺术家和不合格的妃嫔两种形象，但我们总是更愿意想起《霓裳羽衣舞》，而不是"从此君王不早朝"。这不就和我们回忆少年时代，总觉得每天都是阳光灿烂的日子一样吗？

再看第二个理由，白居易太会写诗了。我们现在一说起杨贵妃，首先想到的就是《长恨歌》。白居易为什么要写长恨歌？根据陈鸿①的《长恨歌传》，他本来是有一个"惩尤物，窒乱阶"的大主题。所谓"惩尤物，窒乱阶"，就是让人们以史为鉴，警惕红颜祸水。白居易的文艺主张一直是希望文以载道②，希望文学能够为现实服务。写一首有教育意义的诗篇，应该也算是白居易的愿心。可是，白居易毕竟是个诗人，而唐代的诗人都是深于情的。写着写着，他就忘了愿心，回到本心了，于是，唐玄宗与杨贵妃那卿卿我我的爱情就渗透进去了，两个人生离死别的悲情也渗透进去了，甚至，唐玄宗在人间"上穷碧落下黄泉，两处茫茫皆不见"的苦苦追寻，杨贵妃在天上"玉容寂寞泪阑干，梨花一枝春带雨"③的恋恋不舍也都渗透进去了，最

① 唐代的史学家、小说家。与白居易是朋友，依据白居易的《长恨歌》撰写了传奇小说《长恨歌传》。
② 指文章是为了承载思想，说明道理的。
③ 《长恨歌》中写道，安史之乱后，唐玄宗思念杨贵妃，让道士用法术上天入地去寻找贵妃的魂魄，但到处都找不到。最后，在虚无缥缈的海上仙山上找到了已经成为仙子的贵妃。贵妃知道道士是玄宗的使者，一脸寂寞忧愁，泪水长流，犹如春天带雨的梨花。

后，人们印象最深的已经不是"渔阳鼙(pí)鼓动地来，惊破霓裳羽衣曲[①]"的变乱，而是"在天愿作比翼鸟，在地愿为连理枝"的深情。这深情是属于唐玄宗和杨贵妃的，但它也可以属于刘兰芝和焦仲卿，属于陆游和唐婉[②]，属于人世间所有两情相悦的甜蜜爱人，也属于人世间所有爱而不得，或者得而不久的苦恼人生。这样一来，人们再看《长恨歌》，看杨贵妃的故事，就会不由自主地把自身的感情和人生经验都带入进去，而一旦带入深厚的情感，也就恨不起杨贵妃来了。不仅恨不起来，反倒是对她充满了同情。甚至，后人还根据《长恨歌》中"忽闻海上有仙山，山在虚无缥缈间"的诗句，幻想着杨贵妃渡过了马嵬之变的难关，辗转到了日本。这哪里是事实，这分明就是情感的力量啊！所以说，白居易太会写诗了，他不仅懂得技巧，更懂得人心。他把杨贵妃塑造成了一个摇摆的形象，她明明是危险的，可是，她又实实在在地吸引着你。

　　说起来，杨贵妃真是一个生错了年代，也生错了环境的女子。她没有长孙皇后那种"林下何须远借问，出众风流旧有名"的自信自觉，也没有上官婉儿那种"自言才艺是天真，不服丈夫胜妇人"的骄

----

① 渔阳叛乱的战鼓（指安禄山叛乱）震耳欲聋，惊破了宫中《霓裳羽衣舞》的曲调。
② 陆游的母亲不喜欢唐婉，陆游无奈只能被母亲逼着休掉了唐婉。二人分别再娶再嫁。后来，二人在沈园相遇，陆游心中苦涩难抒，写下《钗头凤》"红酥手，黄縢酒，满城春色宫墙柳。东风恶，欢情薄。一怀愁绪，几年离索。错、错、错……"。唐婉后来和了一首"世情薄，人情恶。雨送黄昏花易落。晓风干，泪痕残。欲笺心事，独语斜阑。难、难、难……"，表达了有情人被拆散后的悲伤苦痛。最终，她因为心中郁结难抒，年纪轻轻便香消玉殒。

傲倔强。如果生在民间，她本来可以成为一个撒娇发嗲的小家碧玉；如果生在今天，她也可以成为一个才华横溢的优秀艺人。她只要美就够了，她就不该成为一个政治人物。可是，话又说回来，如果她没有身处大唐盛世这个大时代，没有参与到波诡云谲的政治变动中，她在历史上也就不会留下名字，留下波澜起伏的生活轨迹，留下感天动地的爱情传奇。这可能就是历史的残酷，同时也是历史的慈悲吧。

【思考历史】

◇ 阅读白居易的《长恨歌》，说一说好在哪里。

◇ 思考为何会发生安史之乱。唐玄宗做错了什么？杨贵妃又是否要对此负责？

图书在版编目（CIP）数据

腹有青史言有章：蒙曼讲古代人物．隋唐 / 蒙曼著．

长沙：湖南文艺出版社，2025.8. -- ISBN 978-7-5726-2405-6

Ⅰ．K820.2-49

中国国家版本馆 CIP 数据核字第 2025YD7335 号

上架建议：少儿·传统文化

FU YOU QINGSHI YAN YOU ZHANG: MENG MAN JIANG GUDAI RENWU. SUI-TANG

腹有青史言有章：蒙曼讲古代人物．隋唐

著　　者：蒙　曼
出 版 人：陈新文
责任编辑：匡杨乐
监　　制：李　炜　张苗苗
策划编辑：张苗苗
特约编辑：张晓璐
营销支持：付　佳　杨　朔
版式设计：梁秋晨
封面设计：霍雨佳
内文排版：梁秋晨
出　　版：湖南文艺出版社
　　　　　（长沙市雨花区东二环一段 508 号　邮编：410014）
网　　址：www.hnwy.net
印　　刷：北京嘉业印刷厂
经　　销：新华书店
开　　本：680 mm×955 mm　1/16
字　　数：96 千字
印　　张：8.75
版　　次：2025 年 8 月第 1 版
印　　次：2025 年 8 月第 1 次印刷
书　　号：ISBN 978-7-5726-2405-6
定　　价：39.80 元

若有质量问题，请致电质量监督电话：010-59096394
团购电话：010-59320018